U0946020

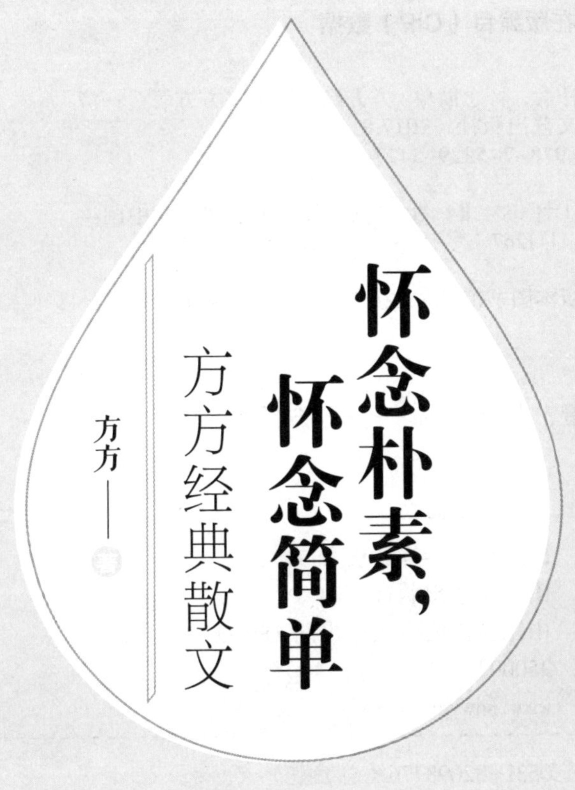

怀念朴素，怀念简单

方方经典散文

方方——著

山東文藝出版社

图书在版编目（CIP）数据

怀念朴素，怀念简单：方方经典散文 / 方方著．—济南：山东文艺出版社，2017.8
ISBN 978-7-5329-5427-8

Ⅰ．①怀… Ⅱ．①方… Ⅲ．①散文集－中国－当代 Ⅳ．①I267

中国版本图书馆 CIP 数据核字（2017）第 031520 号

怀念朴素，怀念简单——方方经典散文

方方 著

主管部门 山东出版传媒股份有限公司
出版发行 山东文艺出版社
社　　址 山东省济南市英雄山路 189 号
邮　　编 250002
网　　址 www. sdwypress. com

读者服务 0531-82098776（总编室）
0531-82098775（市场营销部）
电子邮箱 sdwy@sdpress. com. cn

印　　刷 北京美图印务有限公司
开　　本 880 毫米 ×1230 毫米　1/32
印　　张 9
字　　数 169 千
版　　次 2017 年 8 月第 1 版
印　　次 2017 年 8 月第 1 次印刷
书　　号 ISBN 978-7-5329-5427-8
定　　价 38.00 元

[序言] 文学是照顾人心的

文学是照顾人心的。很多东西都需追逐赢家，只认结果。政治看结果，战争看结果，体育看结果，历史更是只看结果。它通常把笔墨留给胜者。它的关注点是英雄和伟人。所有的历史观几乎都持有这样的价值判断。

但文学不是。文学会放弃冲在最前面的机会。它不需要抢前争先，不介意输赢，甚至根本不需要去赢。文学是存在于过程之中，它经常与落伍者、孤独者、寂寞者相濡以沫，携手共行，甚至俯身助人。文学更宽阔地表达着一种人情和关怀，有时候会像老母鸡一样，护着那些被历史遗弃的人事，被前进的社会冷落的生命。它陪伴他们，温暖人间，鼓舞他们。更或许，文学自己会呈现与他们同命相怜的气息，也需要他们的陪伴、温暖与鼓舞。这世上的强人或者胜者，经常是不介意文学的，他们更多的时候是拿文学当点缀、当花环，但弱者们，却经常拿文学当了自己生命中的一盏灯，水中的一根救命稻草，垂死时的救命恩人。因为在那个时候，只有文学会告诉他，落后也没关系，很多的人跟你一样，不只是你一个人孤单或寂寞，不只你一个人痛苦和艰难，也不只是你一个人有焦虑和脆弱。人活着有很多方式。成功固然好，不成功也不是坏事。所以我经常会觉得文学本质上是属于弱者的。它与弱势者与消极者与遁世者以及边缘人，都有一种心息相通的东西。它以一种内在的力量支撑人的精神。

本着这样的一些想法，我慢慢地写下这些文字。我的人生都渗透在我的文字里。我从内心出发写下这些作品，这些作品也抚慰和照顾着我的内心。

目录

第一辑 旅途随感

第二辑 往事怀想

第三辑 日志闲话

第一辑

旅途随感

美丽的风景对于我来说，总有着不可抗拒的诱惑。

就算在想当然之间，心里也会有一阵说不出的跃动。

一个房间的小木屋

一

当我向大使馆文化处负责安排我美国之行的贺侠先生提出我想去瓦尔登湖时，他脸上露出惊异的神情。因为翻译上的误差，美国人对瓦尔登湖总要迟几拍才会弄明白它是什么。在交谈之中，贺侠先生突然就明白我的“瓦尔登湖”的意思，竟激动起来，连连说，梭罗也是我最喜欢的作家，我非常高兴，非常高兴。然后起身去书架取下一本梭罗的书送给我。贺侠先生说，从来没有人提出过这个要求，你是第一个。我们将尽量满足你。

怀着几分兴奋也怀着几分期待，日行了几千里，换乘了三架飞机后，我终于看到了华盛顿。在这座美丽的城市，一个名为“子午线国际访问者中心”的官员为我安排好了整个访美行程。但是瓦尔登湖却没有出现在我的行程之中，这使我颇感失望。

在美国人征求我对访问行程的意见时，我提出我非常想去瓦尔登湖。我向他们讲了我对《瓦尔登湖》这本书的喜爱，也讲了梭罗对中国作家的影响，甚至讲到了译者徐迟以及他的死……美国人显然通情达理，对我的心情表示可以理解。他们商量了一下，决定满足我的愿望，于是在我的行程中，加上了波士顿一站——因为瓦尔登湖在波士顿的附近。

我虽然正经地上过大学，可应该说我还是很孤陋寡闻的。因为直到 1984 年，我才知道《瓦尔登湖》这本书。那是书的译者徐迟先生跟我说的。有一段时间，徐迟住院，医院正好在我工作的电视台附近，于是我有时便去看看他，并陪他在旁边的中山公园散步。徐迟在散步中同我讨论"思想的激情"这一话题时，讲到了梭罗，并由此讲到了他翻译的《瓦尔登湖》这本书。徐迟反反复复地说："这本书非常好，你一定会喜欢。"其实当时我并没有在意，因为作者和书名对我来说都太陌生了。

令我意想不到的是，隔了不久，徐迟便送给我一本《瓦尔登湖》。我立即就读了。记得那时我住在集体宿舍里，白天同室女孩子都上班去了，宿舍里极其安静，静得有些寂寞，于是便从这本书里读出无数的感动。正像徐迟在《后记》中所说："语语惊人，字字闪光，沁人肺腑，动我衷肠。"从那之后，这本蓝底上有着黑色河流和树林的《瓦尔登湖》便成了我最喜欢的书之一。

而瓦尔登湖也就成了我的一个向往之地。

只是，对于我来说，这个地方实在是太遥远，遥远得有几分神秘。瓦尔登湖美丽恬静的景色在我心里已想象过百回。是什么样的自然什么样的气韵，能滋生和孕育出如此不同凡响的一本书呢？

二

我是坐火车从纽约到波士顿去的，安排我行程的美国人说，不能光让你坐飞机，也让你感受一下火车。美国的火车的确宽大而舒适，人很少，软软的座椅，令人有享受感。一旦享受，便昏昏欲睡。不似在国内，车厢里永远挤满着人，焦虑和担忧时时折磨着你，而列车员则总是挂着你欠他一千大洋的面孔。

火车行不多久，便见到大西洋。海水蓝得像是人在远远的地方涂抹的颜料，风景自是极其美丽。路两边许多的树叶都红了，在明亮的秋阳下显得无比妩媚。行程中，偶可见些港湾，港湾里泊着色彩鲜艳的小船，甚至望得见有人在船上跳上跳下，有一个人很胖。我带着徐迟送给我的那本《瓦尔登湖》，一边看风景，一边看看书。

美丽的风景对于我来说，总有着不可抗拒的诱惑。就算在想当然之间，心里也会有一阵说不出的跃动。一个人向往美丽的自然，向往自然散发出来的飘逸和它无际无边的神秘，以及那种无缘无故便可让你内心沉静的气息，真的是需要一种情怀。

而在今天这样纸醉金迷浮躁不安的生活中，这样的情怀越来越不被认同。所有对于美好的向往和浪漫，都被人以居高临下的姿态嘲讽和取笑。这种嘲讽和取笑，比辱骂更能令人容易主动丧失自己的本真。

波士顿下着雨，天气比纽约陡然就冷了许多。因在国内睡懒觉惯了，而且还不坐班，几成习惯，突然间在美国连续奔波，天天早起，体内的懒虫便一起造反，令我头疼剧烈。住进旅馆后，我生怕我自己就此便会倒下。而在这里，访问梭罗协会和参观瓦尔登湖只有一天时间。于是吃药，于是不顾一切地倒头便睡。

次日早晨起来，窗外阳光灿烂，风把绿树吹得呼啦啦响。我的头疼也被去痛片给治好。一切是那么好。一清早，我和翻译仪方便叫上计程车直奔瓦尔登湖。在美国，接待方式比我们要简单实用得多。所有的行程安排，几点钟去哪里如何住，都打印成册，你只需要照册行事便可。而抵达旅馆后，服务台便又会交一份当地接待人员安排的时间表，非常精细地写明你将什么时候坐什么车到什么路见什么人等。比方波士顿的这一份，便告诉我们：瓦尔登湖的公园管理处将有一个某某女士接待你们并带你们观光，完后，中午十二点，梭罗协会将有人在公园管理处来接你们；你们去那里吃中饭，但你们得自己准备食物云云。所以我和仪方一早便特地买了便当，随身携带。虽然有些不很方便，可心里却莫名地有一种特别的感受。如此的接待方式，使我想起若在国内，无论如何，都将会有一场兴师动众的酒席。

在计程车上，司机对我们去瓦尔登湖表示出不解，说那只是一个很小的湖，没有什么看头。我说那里是不是很幽静，司机说还算幽静吧，不过就在马路边上。这一说令我吓了一跳。无论如何我脑子里的瓦尔登湖是不应该在马路边上的。

公园管理处的管理员是一位女士，她已经在那里等我们了。一切都早已交代清楚，所以我们也不用说明我们的来意。想必这类接待她已经有过数次。一见面握完手，她便带我们去看梭罗的小屋。

小屋就在公园管理处的旁边，紧靠公路。不几秒便呼地驶过一辆汽车。树林很稀疏，也不高大，阳光也就大片大片地洒得满地。一尊梭罗的塑像便立在这斑驳的阳光之下。我不知道别人持有什么样的看法，至少我觉得这尊塑像不那么对得起梭罗。梭罗的塑像不应该是这样简单粗糙，就像中国县城里的那些雕塑，丝毫不能引起观者内心的感受。对于小屋置于繁忙的马路边，我亦觉惊讶。管理员忙说，小屋原址并不在这里，而在前面的树木中。只是为了方便人们参观（很多美国人都懒得往里面走），便盖在了这里。梭罗住在瓦尔登湖时，这里并没有公路，公路是后来修的。如此看来，美国人也难以脱俗，为了旅游（旅游是环境保护的天敌），不惜改变原汤原汁，不惜让自然中的梭罗搬到热闹的尘世中来。全世界的文化都在迁就旅游（说到根底上，是迁就金钱），旅游改变世界，这大概也是新时代的特色了。

但小屋确真的只是一间好小的屋子，完全按梭罗当时的房子仿造。它看上去只有十平方米左右。一个房间。进门右边有一张小床，小床的对面有一窗，窗下摆着张极小的桌子，桌子上有几本梭罗的书以及笔墨之类。与门正对着的是一张椅子和一个砖砌的火炉——正像梭罗书中描述的那样。地窖在房中间，据说梭罗便是将食物储藏在此。所有东西，就是这些。住在这样的屋子里，生活可以说是简单到了不能再简单的地步，几乎就是原始状态。而梭罗便是在这样的一间屋子里静静地思考。仿佛是扒下了生活所有的负重，轻装上阵，沿着思想的道路，走入深径。深到了常人难以涉猎的地步，深到了梭罗成为一个孤独的梭罗，守着一个湖泊和一座森林，历经春夏秋冬，去探索去感悟去追究自然、社会、人。这的确是一种纯粹的思考，纯粹得后辈人在读着这些沾满自然气息的文字时，不能不心怀感动。既为思想和文字，也为行动。如此壮举，又有几人能做到呢？

当梭罗在 1845 年那个初春的日子，拿起斧头到树林里砍下第一根木头盖这幢只有一个房间的小屋时，当他在这年的 7 月 4 日——美国的独立日——住进他亲手建造的简单而朴实的家时，就注定了瓦尔登湖将伴随着一本书一种人生一个特立独行的文学家走向整个世界。

瓦尔登湖和小屋之间隔着一条马路。过往的汽车相对于美国其他道路来说，不算太多，但相对于中国的乡间的道路来说，就算是很多的了。穿过马路，似只几步路，便看到了我向往已久的、在脑海里已经推想过无数遍的瓦尔登湖。

正值秋天，湖岸的树叶或红或黄，烂漫一片。倒影落在湖里，湖水也斑斓着。因为有风，也就有一些涟漪，一圈一圈地翻动着，和阳光默契配合，把湖面变得波光粼粼。梭罗说：秋天的瓦尔登湖“是森林的一面十全十美的明镜”。而今天，这面镜子充满动感，仿佛因阳光和风而变得活泼起来。

坦率地说，瓦尔登湖比我脑海中想过一千遍的那个湖要小得多。自然在我的印象中总是很大的，所以我们常称为大自然。而瓦尔登湖却这么小，小得让我觉得不太容易闻到自然的气息。所幸湖四周的树林子却是很大，一直延伸到哪里，我也不知道。我没有办法穿越这片树林。因为它的大而无边，四周散发着一股没有人烟的清香，苍茫的气息也时而从树缝里传达到鼻尖前。这时候，你才会觉得梭罗的确是在自然之中。

梭罗真正的小屋在距湖边几米的一个小空地上。它的背后便是密密的树林。现在这里没有小屋，只有一块纪念牌和一堆石头。据说其实没有人知道梭罗的小屋究竟在哪里了。这样的结果是可想而知的。因为在空无一人的树林中，毁掉和遗忘一间小得不能再小的房子，是件再容易不过的事。或许一阵大风便能把它吹没，一次风雪便能将它压垮，然后，它便成了猎人的柴火。只是，梭罗在这里沉思默想而写出的作品却是永远也无法让人遗忘的。终于有一个对梭罗极其入迷的人（我忘了他是美国人还是英国人），他花费了许多年的时间和许多的钱，终于找到并确定了梭罗小屋的位置。他之所以能确定，是因为他发现了梭罗当年储存食物的小地窖。而这地窖正是在梭罗的房间里——梭罗的书中提到过。于是这里当然便成为人们缅怀梭罗的地方。堆在梭罗旧居旁边的石头，据说都是前来看望梭罗旧居的人们带来的，许多的人在石头上写着文字，以此表达自己的一份心意。久之，石头就堆得很多了。我探身细看，真的，很多石头上都写着字，有的是人名，也有些是纪念句子。因是洋文，我都看不懂。但我深为这些字感动。

自然总是原始而粗糙的，没有人赋予它精神，它终究也只是茫茫而不为人知的自然，虽然它或许漂亮或许令人流连。而瓦尔登湖因为有了梭罗，便有了与寻常自然风景大不相同的意义，就有了它永恒的风景。所以我要说，瓦尔登湖所有的美丽都来自梭罗。

三

按照联络图提示，中午十二点，我和翻译仪方在公园管理处等候，有一位名为“琼”的教授——仪方为我这样翻译的——来接我们去“梭罗中心”。公园管理处有一个专卖梭罗纪念品的商店，于是在琼教授到来前，我便去那商店里购得一套瓦尔登湖的明信片和一张有着梭罗倚门而立的木刻作品。

正当我们购物时，小店进来两个极其壮硕的美国人，穿着汗衫短裤。我和仪方都没有注意到他们，以为这不过是附近的伐木工人而已。没料到当我们买完东西，正欲出门时，他们走到我们跟前，说你们哪个是方方？这时我和仪方才悄然，原来这就是我们的接头人。

一番介绍，我们知道这两个壮硕的美国人，一个便是琼教授，另一个是戴维教授，他是琼的朋友。于是我们乘坐着他们的车，颠颠簸簸地穿过树林，到达一幢镶有咖啡色屋檐和窗框的房屋前。这就是现在的“梭罗中心”。

梭罗中心远离着公路和市区，它让我感觉这里似乎更像是梭罗曾经住过的地方。它的四周散落着树木花草，风从林中穿过，能闻到一种特别的幽静之气。这样的地方，容易令人心情激荡。

琼教授告诉我说，现在的梭罗中心由两个组织组成，一个是瓦尔登森林活动项目，他们负责买地，保存这片地方——主要指梭罗居住和活动过的地方；另一个是成立于 1941 年的梭罗协会。琼教授本人正是梭罗协会的理事，这样的理事，全美共有十个。在美国，所有专门研究 19 世纪美国历史、艺术哲学、政治、经济以及一切与美国有关的问题的人，都对梭罗的生活和思想感兴趣。中心现在有三个人，一个人负责上网，一个人负责文件，一个人负责活动项目。瓦尔登森林组织的人主要负责筹款。大部分的经费都是私人捐赠。政府的国家艺术基金会也给了 150 万美元，用于修建梭罗图书馆。

我去的时候（1997 年秋天），梭罗图书馆正在修建之中。刚盖好的一楼，完全用于图书资料收藏。这里收集了梭罗所有的作品和尽可能找到的有关研究资料。有三个学者，业已把自己收藏的有关梭罗的资料都捐赠了出来，其价值相当于 100 万美元。图书馆在 1998 年春天完工后，便可开始接待来自世界各地的热爱梭罗的学者和朋友。因这里是梭罗生活过的地方，也是梭罗资料最为丰富的地方。

坐在梭罗中心的老房子里，我和仪方首先要做的事就是拿出自己随身携带的便当吃午饭。这是一幢有着三层楼，结构错综复杂的房子。餐厅里光线明亮，透过宽大的玻璃窗，能看到外面大片大片的绿树繁花。厨房里传来几个大学生的说笑，他们似在洗碗或是做清洁。正值中午，他们也刚吃过饭。琼教授给我们端来咖啡和茶，同中国人的习惯不一样，他们觉得，你们自己管自己的午餐是一件正常不过的事情，虽然你们是来我这里访问。那一刻，我想，在国内倘是遇上非常情况，主人无法午餐招待，但也至少会道歉十遍以上。两国人的传统导致两国人的思维方式大不一样。

据琼教授介绍说，中心现在主要做有三个项目：一是演讲，对梭罗研究的作品，进行公布和发表；二是有几个星期，高中老师来了解梭罗的生平及作品情况；三是接待实地研究梭罗生活的学生。现在来的十六个学生是第一批实地研究学生。他们的学习和生活都在这幢楼里。他们在这里读梭罗的书，研究他的家庭和为人，讨论东西方哲学的异同（琼教授说梭罗受东方——尤其是印度——佛教思想影响。西方人认为人是超自然的，东方人认为人是自然的一部分，梭罗把东方人的观念带给了我们）。然后他们去所有梭罗去过的地方，亲自去感受梭罗曾经感受过的一切（虽然很多东西已经感受不到，但走到这里，想到梭罗曾经来过、走过、生活过，心境就会大不一样）。他们去过瓦尔登湖，也去缅因州，去康科德梭罗蹲过的监狱、去科德角……凡梭罗到过的地方，他们都尽可能地追寻一次。他们在这里用一种体验式的方式认识和理解梭罗。这样的教学在美国也是很少的，带有一种试验的味道。琼教授说，对于一个教授来说，这种教学方式，有一种“美梦成真”的感觉。

现在的美国人喜欢梭罗的很多，尤其一些环保组织，因为他们认为梭罗是最早注意到环境保护的。研究梭罗，一定要谈这方面的问题。琼教授专门同我谈到这一点，他还送给我一幅梭罗与环境保护的招贴画。这张画十分漂亮。

今天能在梭罗中心这幢美丽而幽静的房子里细细地品读梭罗的书，然后在阳光晴朗或是阴云密布或是雨雪霏霏的日子里去寻踪梭罗，这真是件令人心驰神往的事情。沿着瓦尔登湖岸漫步，聆听鸟儿一声声啼叫，注视湖水涨涨落落，观察森林的色彩变幻，最后到那间只有一个房间的小屋里，去静静地怀想一个人。那个人曾经独自在这里生活过沉思过劳动过，兴奋过痛苦过平静过，然后将自己的生命经历和情感经历通过文字变成了文学变成了思想。从此以后，这片默默的自然便被赋予了新的生命。当它面对世界面对历史的时候，便多出些浪漫多出些深刻，多出些哲学思考多出些艺术气息。

如此这般地去读梭罗，既能理性地通过书来读他的思想，又能感性地通过自然来读他的生活，能有多少人享有这样的机会呢？所以我同那帮大学生聊天时，我说我其实是非常羡慕他们的。

四

黄昏的时候，我回到饭店，一直想：梭罗 1845 年 7 月 4 日正式住进瓦尔登湖畔他亲手建造的小屋，1847 年 9 月 6 日离开。只两年的时间，为我们留下了《瓦尔登湖》这样充满灵性和智慧的书，令无数的我们在读罢书后，除了激动和感慨，还会想：原来人还可以活得这么诗意而神圣，活得这么朴素而清醒。

一个人的内心空间有多大，真的是我们常人所无法预料的——尽管他可能住在世界上最小最小的一个房间里。

在寂静无人的深山

题记：1987 年，我在湖北电视台对外部当编辑。部里同事郭耀华正在神农架拍摄金丝猴的电视片（后来中央电视台经常播放金丝猴跳来跳去的镜头，那就是郭耀华在神农架拍的）。郭耀华为了拍这部片子，一个人在山里待了一两年了。特别是冬天，大雪封了山，他就在封山前买足粮食和菜，带几个民工，一直到来年雪化了才出山。郭耀华这种对职业的疯狂热爱，许多人都不理解。这一年，他邀请我和《电视月刊》杂志的记者秦恪一起进山，随他拍片。那是一段令人难忘的经历。

晴晴雨雨，堵堵行行

7 月 12 日　星期天　雨

早八点到台里，汽车已经到了。同郭耀华、秦恪一起去买了十袋奶粉和八箱健力宝。据说进山后这些东西是要顶事的。此外还有睡袋帐篷等物在木鱼坪。

随后即出发。由汉沙线经枝江到宜昌。入住宜昌桃花岭饭店时已是晚上九点多了。路虽不是太差，可晴晴雨雨，一路堵堵行行，也颇让人生出行路难之叹。进屋便各自休息了。不知何故，此屋极闷。

到了木鱼坪这个小小的镇子

7 月 13 日　星期一　阴

早上八点从宜昌动身。在宜昌县府小溪塔吃早饭，然后驱车进山。山路比平原的感觉好多了，我喜欢在山中行走。中午在水月寺吃的饭。饭后，车沿雾都河行，下午到兴山县。在兴山县城买了本《意象派诗选》。据郭耀华说，进山后凡来山下买菜，都是跑兴山。也真够远的！一出兴山，便顺着香溪跑。香溪水清冽至极，绿得令人惊讶。一路风光极美。由卧佛山入峡，两边悬崖绝壁，一河一路嵌在其间，本就已经够令人惬意了，可抬眼望去，山上变化可谓移步换景，美不胜收。有意思的是，山上竟有不少人家，山虽陡峭，而山顶却平，有平地便有菜园和庄稼。直到出了孔子峡，高岚风光才仿佛被扎住。经黄粮区，过花山、湘坪，一路细雨纷纷，很冷。比之武汉此时的天气，可谓宜人。湘坪是司机牟师傅的老家。牟有一儿一女，其妻在家料理家务，应该说生活也不富裕。

下午五点左右，抵达今日之目的地——木鱼坪。这已是神农架的地盘了。

木鱼坪是一个极小的镇子，商店也小，但这里电力很足。据牟师傅说，兴山用电也极方便，几乎全部有电。他住的地方，电才九分钱一度，如果用得多，一度就只收八分钱，从来不停电。这可令我大为惊异，远比这边先进得多的武汉都没有如此这般。听他们说，原来这里的县长是电站的技术员，正因为电站搞得好，方提拔为县长，后又到地区当副书记去了。看来这还是一个有政绩的地方官员。

不过，听说神农架人喝酒特别凶。此地有民谣说："松柏镇里天天醉，木鱼坪是隔天醉，二车队是麻木队，书记队长全在内。"

晚，同郭耀华、秦恪出门看了场露天电影（木鱼坪没有电影院）《陷阱》，叙利亚片。然后回来下军棋。至半夜两点半。郭耀华以六比〇大胜秦恪。

小龙潭是我们的大本营

7月14日　星期二　阴

早起后，驱车往松柏镇。顺路去了小龙潭，即无人区中我们的根据地，又谓大本营。这里仅三幢小房，均为白色，嵌在大山中，很是醒目。一栋为吊脚楼式的房子，乃我等的住处；另一栋为平房，是为厨房；还有一栋乃厕所也。这都是野人科考队盖的房子，长期空无人住。这里背靠大山，十分僻静，也十分漂亮。屋后有一小溪流过，水极清冽。这是泥汉河之源。泥汉河在谷城汇入南河，南河又汇入汉江。江河就是这样由一缕细流而流变为宽阔水面的。

中午在距大本营七公里处山口管理人员马师傅家吃的饭，然后赶往松柏镇。过天门垭等处，路极好走。五点多即到松柏镇林区宾馆。我住进了单间。晚，吃招待饭。菜很好。无事可做，三人唯下棋打牌而已。

我不信神农架有野人

7 月 15 日　星期三　阴

早起后，至镇上买菜。并买饼干、电池、油壶等杂物，皆为山上生活必需品。下午睡至四点，起后去林区科委，郭耀华说那里有野人展览。但科委的人不在，未看到。至少到现在为止，我还不信神农架有野人。

山上的生活由此开始

7 月 16 日　星期四　阴

结束松柏镇之行，一早起来去镇上买了蔬菜，尔后重返木鱼坪，主要是取套靴帐篷等物。途中又绕道小龙潭。这里已经来了不少人，其中有郭耀华在神农架拍片的搭档黎国华。黎国华原是本地的演员，为寻找野人，便离开歌舞团，也不成家，自己独行侠似的在山中寻找，说来也是个有意思的人物。此外还来了个为我们做饭的女孩，叫小姚。据说最近山里出事，这里安排了几个森林警察。郭耀华一副看不上眼的样子。寂静的山里，因了他们的到来有了几分热闹。

中午我们仍然开车到马师傅处吃饭，之后，往木鱼坪拖上所需物质和菜。返回到小龙潭大本营吃晚饭，面条而已。此处海拔 2100 米，面条也不易煮熟。但我已有了充分的思想准备。

天渐黑了。收拾房间。从即日起要在这里住上十天以上了。先给气垫床打气，这也不是一件容易的事。然后找郭耀华要了鸭绒睡袋及羽绒服。虽然正值七月署天，但山里没有这些东西还真不行。山上的生活由此而开始了。

晚上，郭耀华带了便携日光灯，三人便在灯下打牌，至十二点。屋外黑极，真正伸手不见五指。城里的夜晚虽然也有人以此形容，但城里的夜晚任何时候伸出手来都是见得到五指的。

后山的小溪哗哗啦啦地流着，更添了山间的一副寂静。

被雨困在了屋里

7 月 17 日　星期五　雨

天时阴时雨，无法上山，只能困在这里。举目望去，四处无人，只有绿色。据郭耀华说离我们最近的人家，是好几里外气象站的两口了，也就两个人。

读《展望二十一世纪》，争取在这里把这本书读完。

路边草丛发出咔嚓嚓的响声

7 月 18 日　星期六　雨

仍然下雨。下午准备冒雨上山去挖天麻，不料没走几步，牟师傅见到了蛇，怪叫了一声跑下山，结果就没人再敢进草丛了。于是一起去往大龙潭走。郭耀华沿路拍一些零散镜头，我便只有当小工帮帮忙。

从大龙潭回去时，我和秦恪决定不走原路，而沿着溪行。这是泥汉河的上游，绕着龙潭顶流下来。我们原先预计沿河走可能没有多远，不料河水绕来绕去，竟让我们走了一个多小时。路并不难走，穿着深筒套靴或行在水中，或在石头块上跳来跳去，倒也有趣。不过，在快到家时，我竟是摔了一跤。

晚上饭七点半吃的。之后便同郭、秦二人出门散步，听郭耀华谈他前几次拍金丝猴的经历。郭是台里脾气最坏最不通情达理的一个人，但却是最出色的记者。他已经是几进几出神农架了。一个人待在山里，非要拍出像样的片子来不可。这种精神实在是可嘉。

正聊得好时，路边草丛中发出咔嚓嚓的响声。郭耀华聆听一下，说这不是个小东西。于是我们几个狂奔而回。想想万一是只熊，该有多可怖。

无奈我是一个不识山的人

7 月 19 日　星期天　阴雨

天气仍然不好。下午，黎国华说能见到云海，于是我们一行便驱车上山。在风景垭（以前叫巴东垭）停下来，欲拍雾中石林。结果雾气大得瞰眺莫见。整个山都被遮得严严实实，等了许久，眉毛头发上都结了霜，山里实在冷得厉害。最终也没有见到山的真面目，只好败兴而归。山里景色很美，有看不够之感。但却没有见到什么大树。许多山头皆是箭竹，疏疏落落地站着几棵树。野花多极，认识了一种倒挂金钟似的紫色小花，做饭的小姚告诉我，那是“草帽花”——很形象的一个名字。山中的野草莓和赤桦树也多，无奈我是一个不识山的人。

晚上大雨。听民工小秦谈他们的生活。小秦说他八个月母亲便去世了，其兄后来在山上挖药时，迷路而饿死在山上。秦家原是四川巫山人，逃土匪时到这里，那时他祖父才十八岁。他们村子有一千多人，分散住在九十公里的范围内。他们到小龙潭走了八十多里路。他们很少出门，更不用说到兴山这样的县城。他们在山里一般都吃苞谷。山里人真是穷极了。

雨一直没停

7 月 20 日　星期一　雨

转眼一星期已过，因雨一直没停，竟一直未得机会上山。粮食和菜却是吃得差不多了。今天牟师傅、黎国华还有民工都被派到兴山买菜。山上只留下我们三个加上小姚，真是冷清得可以。

音乐也就到此为止

7 月 21 日　星期二

天气依然不好。无聊得只有睡觉。躺在鸭绒被里听音乐。电池今天用完，音乐也就到此为止。

今天吃两餐。只有听到武汉那边业已高温达 40 度时，大家才幸灾乐祸地大笑了一场。而这里，我已经穿上羽绒服了。

驱车往风景垭拍落日

7 月 22 日　星期三

今天终于放晴了，真令人高兴得不知道说什么好。被雨困了整整五天，在这寂寞的山上，这是何其难熬的五天啊。大家终于出门了。因为路况不好，郭耀华让秦恪和黎国华探路，他则拍了一些河纹及花树之类。郭打算除了拍金丝猴外，再拍一部神农架幻想之类的音乐片。我便替郭打下手。

晚饭前，秦、黎二人疲惫不堪回来，说是看到了金丝猴。这个消息令我激动，因为上山这么多天，连根猴毛都没见着。晚饭后，又驱车往风景垭，欲拍落日。风景垭上有一生物观测站，仅一户人家居此，极寒冷。虽是暑天，伸手便觉寒飕飕的。

一群学生步行到此，他们是白天由小龙潭进山的，前途茫茫，山中奇冷，真不知道他们再走向何处。

因云层太厚，而终未拍摄成功。拍个片子也不容易。

今天一只金丝猴也没有看到

7 月 23 日　星期四

今天爬山累的感觉，真如当年顶着风沙爬鸣沙山。早晨上山时，因速度太快，我累得几乎抬不起腿来，有一种挣扎到山顶的感觉。郭耀华放声大笑，说我是一路爬山一路喊妈呀才喊上去的，全无同情之心。民工们负重而上，却早早坐在山顶上休息了，看我上来，都一个个笑。而我却累得话都无法说，头皮也一阵阵地发热。纵然我的体力是有问题，但脚上为防蛇而穿着 40 码的大套靴，也是我步履艰难的原因之一。

我们一行先去了西南坡。民工们走在前，因为无路，他们便一边走，一用砍刀为我们开路。山上花草树木多极，可谓目不暇接。在西南边，搭了两个竹棚，准备藏在这里偷拍金丝猴。然后又折向西北坡，此路较南路更难走，在北坡，搭了三个竹棚。北坡因无太阳，我冷极了，最后竟呕吐起来，把适才在西南坡吃的几块饼干全吐了个干净。

今天一只金丝猴也没有看到，只是搭了几个竹棚而已，但不知道这些竹棚将来是否有用。也很难想象，将来郭耀华扛着机器躲在竹棚里拍猴子的场面。

六点多方回。回来尚顺，下山也比上山容易许多。郭耀华是一口气冲下山的，他说只用了七分钟，而黎国华更厉害，说是三分钟即可到山脚。

山中似乎未见野兽，为此，并无害怕之感。

日子过得都跟猪一样了

7 月 24 日　星期五

郭耀华一早便同民工们去北峰开路。我和秦恪因昨天太累都没有上山，便在家里聊天，天南海北地胡扯。下午两点吃中饭，饭后又各自去睡午觉，睡至六点起床时，郭耀华已经回来了。这日子过得都跟猪一样了。

纵有佳景谁得知

7 月 25 日　星期六

今早往大龙潭拍摄风光。大龙潭距小龙潭乃十几里路，居住有胡姓人家一户。其屋门上有一对联，其中一句为：纵有佳景谁得知。可谓感慨万千。不过，今天我们去时，那里人还不少，胡家的岳母、孩子均从宜都和秭归等处来此消夏。郭耀华说这个老胡是个奇人，他坚信有野人，并且自己也掌握了一些线索，所以他不管不顾地住在这里，到处找野人。跟黎国华差不多。胡拍摄了一些山里很难得的照片。

我们一路沿溪而行，以拍摄河流和野花为主。在此大山拍摄这些，似乎情调有点儿小。

三点多方回。路遇牟师傅开车由从兴山回来，便上了车，幸而遇车，恰逢山里又下起雨来。山里的雨也够是讨厌，说来就来了。

蓦地见大九湖平畴廓然

7 月 26 日　星期天

昨夜老鼠闹得厉害，把人吓死。

一早郭耀华叫门，说是去大九湖。赶紧收拾行装。估计得在那边住一夜，故而带了粮食及水，还有睡袋。

途至板壁岩停车。板壁岩宛如一片草甸，几处奇山异石（不是很大）有如天降，嵌在草丛中，形成极特殊的景致。我们穿过箭竹丛，走过草甸，在石山拍了一些镜头。然后又穿越箭竹丛，进入原始森林。在路边看箭竹丛觉得没什么可怕的，真要进去了，没入其间，其实也挺吓人。郭耀华说，他有一次在箭竹丛中迷路了，走了几个小时才走出来。看来在山里什么都马虎不得。

一路下坡，杳无人迹，唯见得几只大熊脚印。森林中阴森森的，走了一段路，林木稀疏处，见得阳光斜射进来，极柔和轻盈，树叶在阳光反射下，白晃晃的，树干枝丫上的绿苔，逆光而照时，毛茸茸的，极具情调。林中岩石亦满是地衣，缀满花草。空气新鲜至极，淤叶层很厚，幸亏穿了深筒套靴，方能满不在乎地在林中大步而行。

在森林里见识几种植物。如独活（药材，治感冒的）、打破碗花花、文王一支笔、七叶一枝花、芝麻蹦、党参花等，大多为药。

出林子时已是中午。未吃饭，草草填了几块饼干，即又赶路。一路翻山越岭，路险林深，乌云遮来又散去。神农架山多，一层层扩向远方，但树却很少了，尤其路边，多为小树、灌木和箭竹。

到干沟，便能见到坪阡村。坪阡村的风光很好，走 20 多公里路，即到大九湖。

拐过山垭口，蓦地见大九湖平畴廓然，一派草原风光，感觉顿然一新。黄花、麦子、土豆地，令草原上色彩丰富。田园间，寥寥见几株树，装点出一派安谧沉静、与世无争的田园风光。想不到穿越了层层叠叠的山，竟能见到如此美丽的高山草原，立即便让人想起了陶渊明的“桃花源”，此地实在具有陶氏桃花源之神韵。

大九湖海拔1700—1800米，土地平展，水草肥美，有高原“呼伦贝尔”之称，有人口2500人（且包括坪阡村600多人），民居沿山脚绕草原几乎一圈。房子为白色，远看，在青山衬托下，醒目而别致。但其间平原大多为荒地，放牧着牛羊及猪。

我们住进了乡政府招待所。无电，亦无油灯。下午即去原野上拍了些外景。大九湖一名为陈先思的9岁男孩，喋喋不休地向我们介绍大九湖以及他家的事。该小孩脏兮兮的但极是聪明，并且率真有趣。很少见到山里的孩子有这样的伶俐天真，逗人喜爱。他甚至一副大人口气说他屋前白房子里的老头，当过“棒老二”（即土匪），还抢过女人，把人笑死。又说他的二哥是如何如何能干，到郑州当兵去了，将来要接他去那边上学。这小孩如果有好的条件，一定是个可造就之材。

见得山之隅火烧云，雨很快即来。

大九湖很穷，人亦呈麻木状态。无一处餐馆。晚上只得自已用煤油炉弄饭菜，很难吃。

天黑后，四边黑洞洞的，寂静无声，只好六个人打牌，关三家。

这里的人把一切希望都寄于未来

7 月 27 日　星期一

一早吃过饭后，即去“落水洞”。大九湖原为薛刚反唐屯兵处，曾分九个字号，现在的村落仍沿袭着这个九个字号，什么甲字屯等，随处可见古色古香的字号牌，古风浓郁。这个地方实在是太美了，在这么一个高山之地，有这样一块绿色平原，令人赞叹不已的同时，也产生怀想。

来大九湖的目的是想拍落水洞，但落水洞却大大令人失望。只若汉口下水道一般，不知何故，倒大有名声。从生活角度讲，这可能是大九湖排积水的重要出处。有一条土沟通向落水洞，据说，曾动员了一千人开挖。大九湖正待开发，已经开过了三次论证会，据说要将此开辟为牧场，将旧有的草丛挖尽，重新撒上优良的草种。但我对这种开发毫无信心。因为基层干部水平太低，开发一处毁掉一处的事情实在太多。徜大九湖因之而遭毁，那就实在太可惜了。

这里的土层不肥沃，苞谷长不到一人高。老百姓的口粮多不够吃，靠吃供应粮（或为救济粮）为主。有一些古迹，如公主坟、小营盘、九灯河等，但大多是想当然的。

上午并没有拍多少，无非风光而已，即返小龙潭。途经坪阡，在那里吃饭，借用的是坪阡管理所食堂。此处所长姓汪，手下有四人，日常也无甚事干，晚上即看小说和睡觉。坪阡亦穷，许多人一辈子都没出过沟，修了公路后，才首次见到汽车。坪阡无电，点煤油灯，每年冬季，恐封山断粮，故，汪所长一帮人必须购足五个月的口粮，而老百姓则以吃土豆和苞谷为主，少有米面。这里无一大学生，有几个中学生，但得到巴东那边去上学，路程得走一天。汪所长是秭归香溪的人，其妻已经退休回家，孩子亦在家。他每年回家探亲一次。汪说，坪阡宜种果树，苹果和梨都长得好，他们欲试验，将这里弄成果园。这规划若能实现，倒令人鼓舞。

这里的人把一切希望都寄于未来，总是一说将来就好了。可不知他等人想过没有，将来如果还是这样呢？将来到这里来的时间如果很漫长呢？将来他们是否都还在呢？——这些或许他们也都想过，只是不说罢了。

约一点半离开坪阡，到风景垭又停车，欲拍云海。等了近一小时，终未拍成，雾蒙蒙遮天盖地而来。无奈，只得返回。

过气象站时，听说他们杀了猪，便想买些猪肉改善生活，不料一问，猪竟没运来。气象站住着一对年轻夫妇，尚无孩子。这里成天就只两人。他们养了几十箱蜂，说是可收几百斤蜂蜜，自己亦种了菜，收成时，根本吃不完。他们住有一排房子，有几间专为百赶而不走的路人留宿所住。俩人均拿工资，但却是聘用的，只记资料，而不预报。此种生活，清静寂寞，但也与世无争，可谓亦苦亦乐。

约四点半回到小龙潭大本营，刚进屋，又下大雨，万幸。这是我们到神农架来的第六个雨天。再过三天，我和秦恪便要返汉了，迄今为止，我们非但没有在山上住帐篷，甚至连金丝猴也只听到叫声而未见其真身矣。

终于见到了金丝猴群

7 月 28 日　星期二

一早上山，去西南坡。今日上山比上次轻松多了，而今日的路程却比上次远得多。可见得爬山是需要经验的。

在山顶草甸我们拉起了帐篷，帐篷小巧漂亮，质地也很好，最关键的是实用。这玩意儿很令我动心，决定以后自己也买一个。

天气仍不太好，但路还好走，多是草坪，唯上坡时让我有累乏感。见到马鹿，金红色的，飞快地跑过山梁。山顶的草坪上花儿烂漫，极让眼睛舒服，让心情愉快。到西南坡顶才吃饭，无非两个鸡蛋。蛋是秦恪卤的，很好吃。正在寻找合适地点搭竹棚时，突然听到金丝猴的叫声。于是一行人匆匆下山，在深如一人的草丛中行走，终于见到了金丝猴群。猴子们在树上跳来跳去，欢乐嬉戏，看得非常清楚，令人激动。尽管我们立于草丛中动也不敢动，可哨猴还是发现了我们，一声令下，猴群便迅速逃离。我们便在此处寻一地点搭好了棚子。

返回时，再次发现猴群。郭耀华恐哨猴发现我们，让我摘下头上戴的红帽子。在郭拍摄金丝猴时，我便看猴们玩耍，真是一群可爱透顶的小动物！

回去的路好走多了。我也学会了郭、黎二人的“蹦跳式”下山法，果然，如此这般，又快又不觉得累。

晚饭后，三人打拱猪，不觉至十二点。今天收获最大也。

天又下起了雨

7 月 29 日　星期三　阴

且下雨。十点吃早饭。民工小秦昨天买回几只鸡，今日便杀了一只，说是为我与秦恪践行。无事干，便看秦恪弄鸡。有香气四溢之感。好些天没吃好，总算可有一顿好吃的了。结果山上弄吃不易，直到四点，才吃上中饭。

挥挥手也就算是作别了

7 月 30 日　星期四

我和秦恪今天返汉。郭耀华则同一帮民工留在山上继续拍他的金丝猴。想起这寂寞的深山，寒气一天天逼人而来，而郭耀华却为了一部电视片独守于此，不觉有些怆然。郭耀华或是早已习惯，没事一样，挥挥手也就算是作别了。

又是一路细雨纷纷，同来时一样。到兴山吃的中饭，有一种重回人间之感。

雨越下越大。下午五点多到宜昌火车站，赶坐晚上九点多的车，在宜昌吃晚饭，牟师傅放下我们到车站便自去安歇，我和秦恪候车并聊着天。此趟车长人极好，我们上车后，即给我们在宿营车厢补了两个卧铺。与秦恪在车上聊天，秦说郭耀华这个人，你真应该好好写写。这次进山前，他与女友吵了架，心情不太好，幸而有我们同行，还算是给他排解了不少寂寞。我们说了一会儿关于郭耀华的事，秦恪也同意我，如果真要写写郭耀华，不能一味吹捧，也应该写写缺点，要不朋友一场也没意思。

去南靖看土楼

福州到武汉，居然隔一两天才有飞机。所以在那里讲完课，便连夜赶到厦门，准备从厦门飞回武汉。厦门虽已来过多次，但每次都是集体地来去，抽不出空来满足一下自己的爱好：看福建的土楼。而去乡下看土楼却是我老早就有的愿望。

我们选择去的地方是南靖。同行的有同学郭燕和王熹亮，另加王熹亮的同事小鲁。郭燕虽然住在厦门并且去过土楼，却也没弄清土楼到底在哪里。而司机是外地的，更是不明白应该怎样走到土楼。南靖的土楼多达好几百座，因为行前没有查看资料，不知竟有这么多，概念中以为一问土楼，谁都知道它在哪里。而实际上，你说不出某某镇某某村，要人家告诉你正确的位置，根本不是件容易的事。这种无知就导致了我们此行的曲折。最最要命的是，我们完全不知，南靖县内到处都在修路，路途极其难行，于是简单的看土楼行动变得复杂和艰难起来。

从早上八点多钟出发，原以为两个多小时即可抵达目的地，结果到中午都没找到地方，司机已经做了放弃目的地、直接回县城的决定，结果在吃饭的小餐馆里意外发现土楼已经离我们不远了。当我们真正找到我们想看的土楼时，已是下午三点半。唉，这一趟寻找，对我来说是个教训。以后一定要把资料工作做足才是。

我们要去的地方是南靖的书洋镇田螺坑村。整个南靖的土楼，书洋最为集中，占据全县的一半。据资料说，书洋的方形土楼有 240 座，圆形土楼有 230 座。不专程这么跑一趟，我真不知道南靖有这么多的土楼。一路上，我们不断跑错路，但却也不断看到零散地泊在山里的诸多土楼。这些土楼因为不是旅游点，完全是原生态状况，倒让我更觉得值得一看。所以，有时候因错而得福。

说到土楼，就要说到漳州，说到漳州，一般就要从陈元光这个人说起。古代闽南一带人因为凶猛强悍，被称为“蛮獠”。唐朝时（公元 669 年），为平定“蛮獠啸乱”，唐皇帝派一个叫陈政的将军前去平乱并镇守。陈政去世后，他的儿子陈元光接替其父职位。他一方面在军事上取得优势，一方采取了招抚和怀柔的政策，并将他的将士全部落户在漳州一带地区。在驻兵屯守期间，他领着军民开荒种地，经商买卖；推广农业，疏理交通，将这块蛮荒之地改造为适宜建制的地方。终于在武则天年代，正式设立漳州，陈元光也成为漳州第一任刺史。南靖在漳州西部，自然也随着漳州的开化而开化起来。——用简短的文字来讲述漫长的历史，有点枯燥。

土楼的源起便来自于唐朝陈元光开漳时期。最早的土楼是什么样子，我不清楚。但至少元末明初时，它便已经跟现在的模样差不多了。看上去，它的确很有兵营、城堡、民居三合一的味道。而后来当地人采取如此形式建造自己的住宅，我想理由不外三条：一是在没有建筑师的年代，多采用现成的建筑作为参照；二是山高林密加上世道混乱，须以高墙小窗围屋堡垒的形式，以防范野兽和土匪；三是生产力不发达，个人自身的力量弱小，需要家族成员一起形成内聚力，共同面对自然，创造生活。所以，它的学名叫“家族性集体住宅”楼。

原以为土楼用土而建，简单方便，但了解福建土楼的造法后，却发现其麻烦程度一点也不亚于砖石或木头楼。土楼的原材料不仅是生土掺石灰和细沙，而且还要加糯米、红糖（简直有点像做年饭），要反复搓揉，反复舂压，夯筑时，还要夹木条和竹片。因为有如此这般的过程，土楼方能历经上百年而不坍塌。

田螺坑的土楼群，大多也是这样的材料建造。像福建众多土楼一样，它们都有三层楼。只是它们紧密相连，高低错落。侧面看过去，有如布达拉宫（当地人全都这么形容）；而俯瞰下去，其形状更是令人惊叹无比。难怪美国人通过卫星无论如何也不明白这些“怪圈”是些什么，还以为这是中国藏在深山里的核基地。当他们得知此为当地民居时，其惊愕表情一定很好看。

田螺坑土楼群由四圆一方共五座楼组成，是为步云楼、和昌楼、文昌楼、振昌楼、瑞云楼。其中步云楼是方楼，文昌楼是椭圆形楼，其余三座都是圆楼。很多资料上说步云楼是田螺坑的第一楼。但我问过当地老人，老人指着和昌楼说，这是最早的土楼。

现场的关于土楼的介绍文字也说，步云楼是1662年清代康熙时代始建，1936年被土匪一把火烧毁，及至1953年，方在原址上重新建造；而和昌楼则始建于1354年（早于步云楼三百多年呀），时为元末明初，原先也是方楼，后因上世纪30年代原楼毁于战乱，1933年在原址上重新建筑了这座圆楼。显然，和昌楼才是田螺坑的第一楼。

建筑得最晚的是椭圆形的文昌楼，据说这是为了纪念他们祖先最初的创业。田螺坑的土楼群属于黄姓家族，他们的祖先在传说中是靠放鸭子卖鸭蛋起家。凭着自己的辛苦和努力，拼打下一份家业，于是开始建楼。围绕着第一座楼，后代们依据地形，陆续建造起另外的几座。文昌楼所谓椭圆形其实就是鸭蛋形。想想这黄家人还很有点意思，居然想出这样的法子纪念先祖。

土楼中间的空地很大，是为公共庭院。它比南方民居的天井大很多，所以光照十分充足。各家的房间也都有享受阳光的机会。庭院里有水井（但步云楼各家似乎都是用自来水管，我问了一下，说是引的山泉水），是来自山上的天然泉水。

公共议事处或祭祖的地方，位于一楼，与庭院连成一片。通常底层是厨房，中间为谷仓，顶楼为卧室。每层有二十到三十个房间不等，但所有的房间大小一样（很公平哟）。

圆楼的两处楼梯面对着面，方楼有四处楼梯，正处于四角上。每楼都只有一个大门出入。想想，这样的居住方式，徜在黄昏时节，家里人都回到楼里，那气氛该是何等热闹何等温馨又是何等有安全感呀。但现在真正在土楼里居住的人并不多，大多人都出门打工或是在外另外建房。这里只是他们的祖居。

田螺坑四周的环境非常漂亮，一派洁净的绿色。整个村子也很干净，石头小径高低错落连接全村，完全看不到乡下特有的猪粪鸡屎之类——他们的牲畜都到哪里去了呢？这是我没有弄清楚的事情。大概也因为此，似乎少了一点凡俗的日常的气息，而使这个小村庄有点像是在画里。

田螺坑的人过着很悠闲的生活，悠闲得让我这个忙碌之人羡慕不已。所以，跟我的同学郭燕相约，哪次再到厦门，就到田螺坑去住上两天。

到云南走走呵

2001 年 10 月 10 日　晴

过桥米线留下终生难忘的印象，可昆明在我眼里依然朦胧。

飞机是近中午时到达昆明的。车行在昆明热闹的大街上时，我的心竟是有些激动。这是在别的城市所没有的。我想我终于到昆明了。

这么多年来，我走过好多地方，不知道为什么，我却一直没有去过昆明。而“昆明”这两个字，却是自小就挂在嘴边说的。抗战八年间，父母都住在昆明。那条名为“五福巷”的里弄，常常被父亲提起。父亲在云南叙昆铁路、滇缅铁路、滇缅公路等处工作。1944 年滇缅公路油管工程处为配合美国工兵而铺设一条来自印度的军用油管以解决战时汽油供应问题。父亲由工程处被派到云南驿去负责安装油库和铺设油管工作。父亲是个摄影爱好者，家里的影集中，有好多好多与云南相关的照片。对于母亲来说，最重要的是，她的长子、也就是我的大哥小安，在昆明出生。然而，在他一岁多时，因为吃了邻居的一块不洁蛋糕而得了阿米巴痢疾，最后死在了昆明。这是母亲一生中的最疼。大哥小安埋在昆明的东郊。如果他还活着，也是快六十岁的人了。我一直想去昆明，想去看看父母住过的五福巷是否还在。而且我还特别想去东郊走走，我总觉得到那边走走，或许能够感受到大哥的气息。当然我知道，他的墓地早已不知去向。

现在我到了父母生活过八年的城市，我到了从未谋面的大哥由生到死的这座城市，只是他们都去世了。在我对他们的想念之中，对昆明的感觉就有些异样。仿佛这里的一切都与自己相关，好亲切也好熟悉。我甚至想对这座城市说，爸爸妈妈，还有大哥，你们都好吗？

中午，云南作家汤世杰先生带我和美籍华人女作家於梨华大姐一起去吃著名的过桥米线。这也是熟悉不过的食物。因为抗战结束后，父母离开了昆明，辗转到达南京，从此他们就再也没有回来过这里。在他们怀念昆明的时候，过桥米线就常常挂在了嘴边。

我以为过桥米线的吃法也就跟我们平常吃面条一样，一碗米线再加上佐料罢了。它的出名，也无非是佐料有特色，味道一不般而已。哪晓得我实在是有些孤陋寡闻。坐在昆明著名的“过桥园”吃过桥米线时，服务生摆出的架势实在吓了我一跳。汤世杰为我们点的是六十元一套的过桥米线。上十样小菜堆在了桌上，面上来时，又是十几种配菜和调料。一碟盘子摞在服务生手上，他当着我们的面，十分娴熟而洒脱地将碟中的菜一样一样滑进米线汤里，热气和香气一起扑面而来。这场景和这气息，立即让人心生快意。我和於大姐当即忍不住惊呼小叫起来。面对这样勾人的食物，很容易就产生上天待我不薄之感，然后食欲顿起。这一顿吃得我对过桥米线再也难忘。而且一想到昆明，就想到吃过桥米线的那份兴奋与快感。于是，我也理解了父母：他们离开昆明那么多年，为什么还会一次又一次提起过桥米线。

下午，我们去昆明的民族村参观。民族村很大，它将原汁原味的少数民族村落集中建在了这里。少男少女们穿着精致的民族服装在里面来来去去。云南的少数民族种类最多，民居也呈现出不同风格。这样的民族村固然是好，能让人在短短的时间里一下子认识到许多不同民族的生活方式。只可惜的是，走在这样人工的村落中，只觉得是一种景观，而不是真正的民族村落。因为它没有氛围，没有山河，没有满带着自己民族神色的老人和孩子，没有与自然相融的炊烟，没有牛马羊鸡鸭狗，没有疏落地散在田园里的杂树和花木，没有泥土和植物的芬芳，更没有因了风霜雨雪和烟熏火燎而显出一份沧桑的屋檐和窗棂。一个民族的村落，把这些东西抽去了，只剩下房屋的式样和几个漂亮的少男少女，又还有什么意思？所以，这样的民族村落，看一眼就可以走了。因为你再看第二眼时，它已经什么都没有了。

因要去保山，晚上我们就搭乘飞机离开了昆明。坐在飞机上，听来自北京的陈墨谈金庸和武侠。转眼之间，昆明的灯火就在云层之下。低头望时，才想起，其实父母和大哥的昆明，在我的心里依然朦胧。一天的工夫，当然无法看清它的真貌。但无论如何，我都十分喜欢这个如花似锦的地方。

2001 年 10 月 11 日　雨

细雨迷蒙中的保山，很让我意外哩。

保山这个地方，我以前没有注意过，所以，它的名字很让我陌生。现在，我就在保山漂亮的兰都饭店住下了。初始我不明白饭店为什么叫作“兰都”，问后方知，保山这地方盛产兰花，被人称之为兰城。酒店借“兰”而得此名。就这样，我从“兰都”二字开始，一点一点地来了解保山了。

早上起来推开窗子，想居高临下地看看保山。保山的空中下着迷蒙细雨，周边的山都伏在了雨雾之中，轮廓很模糊。雨给保山带来几分清新，也带来几分凉意。这种清新和凉意令人感到舒服。吃过早饭，我们去保山的博物馆参观。保山博物馆按照民族的喜好，设计成铜鼓模样，很是别致。在大城市里，我们很容易看到高大的银行、酒店和商场，却很难看到像样的博物馆。然而在保山，博物馆却立在城市最醒目的地方。它立即让人嗅到保山这个地方颇为不俗的文化气味。

保山的不俗是有来由的。我很惊讶保山的历史竟有那么悠久。研究保山历史的专家耿德铭先生绘声绘色地向我们介绍关于保山的种种。关于保山属于古哀牢国。关于哀牢国的“始祖”九隆。关于西汉时就已是全国第二大郡国。关于不韦县。关于诸葛亮南征驻扎保山。关于唐时的南诏、宋时的大理。关于永昌节度时期。关于南丝绸之路。关于高黎贡山和怒江。关于少数民族。关于滇缅公路。关于李根源和艾思奇。关于抗日县长张问德和逃跑县长邱天培。一座博物馆里，装着整个保山的历史和风物志。当我走出博物馆再看保山时，保山已不再是只有景致的保山。仿佛我已经把保山悠长而厚重的历史和文化装入心中，因为这个，我自觉自己与保山有了一份特别的感情，于是我开始喜欢保山。

在保山，谈得最多的是高黎贡山。在人们的话语中，高黎贡山既神秘又奇异，充满着惊险和浪漫。我也算是一个喜欢读杂书的人，但在来保山前，对高黎贡山的了解却几近于零。下午，便到高黎贡山自然保护区去听专家们讲解高黎贡山。

高黎贡山系横断山区三大山（另二山为碧罗雪山和云岭山，它们的名字比高黎贡山好听好记）之西支，高耸狭长的山体将伊洛瓦底江和怒江分了开来。因了地势的跨度和起伏的剧烈，高黎贡山的气候状况尤为复杂。人若在山上生活可能是太辛苦了，可是它却是动植物的天堂。因为这个，高黎贡山在1992年就被世界野生生物基金会列为具有国际重要意义的A级保护区。近些年，前来高黎贡山进行各类科学考察的本国专家以及国外学者几乎接踵而至，人人都想要获悉高黎贡山的秘密。

专家们用热情洋溢的语言向我们形容他们所热爱无比的高黎贡山，说它是“花的海洋，鸟的世界，动物的乐园，药植物的基因库”。且说我们来得不是时候，无法去看大树杜鹃——它能开出世界上最漂亮的杜鹃花。这的确是件遗憾的事，因为我是很喜欢杜鹃花的。家中的院子里栽过好几盆杜鹃花，有一回出差回来，竟发现一盆被花工称作比利时杜鹃的花，被小偷翻过院子偷窃而去，只剩一个空盆在台阶上。这是闲话。在一本画册上，我看到一张高黎贡山的图片，从山下开满野花的淡红色草甸到山间苍劲浓绿的森林再到山顶的白云环绕的雪峰，色彩几乎是在垂直的山体上变化，其美丽真是妙不可言。

保护区的主人用当地自产的小粒咖啡来招待我们。我对茶的喜爱远胜于咖啡，所以，当即表示更愿意喝茶。主人示意我无论如何品尝一下。客随主便，我也就要了一杯。小粒咖啡的香醇可口，大大出乎我的意料。与我同行的於梨华大姐每天必喝咖啡，喝罢亦连连叫好。高兴的主人立即送给我们一人一盒，这真是意外的收获。

无论如何，高黎贡山目前还只是存在于话语和图片之中，它在我的脑海中还没有变成立体。有老话说，看景不如听景，不知道过几天我们贴近和走入它时，它会以怎样的面貌出现。

从保护区出来，保山历史的专家耿先生带我们去看云南规模最大的汉代建筑遗址。雨一直下着，路很难走。车艰难地在小街小巷中穿行。一路泥泞。中国的城市无论大小都有此通病：大街面上清洁漂亮，小街巷中肮脏杂乱。保山也未摆脱此病。

遗址在保山城南的诸葛营村，当地人又叫它为“汉营”。村既叫“诸葛”，想必跟诸葛亮有些关联。儿时读三国，读到诸葛亮七擒孟获时，真有如痴如醉之感。立即就觉得这里正是诸葛先生安营扎寨之地，恍然间就能想见得到诸葛亮潇洒而大度的风姿。

遗址被分割得零零星星的菜园所覆盖着，很难看清它的轮廓。只有在耿先生详细的解说和指点中，才能依然看到一点点痕迹：我们的脚踩着的正是它的城基。时间真是一把凶狠的刀，它能将历史最真实的场面刮得所剩无几。使你即使已经走到了它的面前，你也无法看清哪怕一点点真实的东西。一切就只能靠人自己去想象。

中餐和晚餐在兰都饭店。云南的菜香辣爽口，十分好吃。尤其极富当地特色的鸡枞和“大救驾”两种，更让我喜爱。鸡枞不是鸡，而是菌类食品，应该算是山珍吧。鸡枞的口感很是特别，那种鲜美不知道跟什么样的食物相比才好。我是在过桥园吃过桥米线时第一次吃到鸡枞，一口吃进后，便再也放不下它。因此在兰都的餐厅里，一坐到桌边，眼睛就开始扫视，想要发现是否上有鸡枞，而兰都的餐桌从来没有让我失望。

“大救驾”实际是云南的饵丝饵块一类的食物，在我们这边也就是米粉而已。取名“大救驾”是因为南明朝永历帝朱由榔败逃云南，饿得不得了时，被一家农民请吃了一碗米粉。朱皇帝从来也没有挨过饿，此番饿极，有了这一碗饵块，自是赞不绝口，自言自语这是“大救驾”。从此这碗饵块就有了“大救驾”的名字。开玩笑，这是皇帝的命名哩！中国的东西，沾上皇帝名声便大，这碗饵块也不例外。我觉得一个人无论饿还是不饿，“大救驾”都是极好吃的东西。它之所以好吃，是因为除了饵块之外，搭配它的辅料多达上十种，有肉、火腿片、鸡蛋、香蕈、胡萝卜、番茄、豌豆尖以及诸多香辣作料。它们混在一起，加油爆炒，其色鲜艳，其味繁杂，只觉得流香满口。就算不吃，听听它的制作过程，就觉得一定好吃。不知当年朱皇帝吃的是否也是这样精细的制作。倘若是的话，那么皇帝的逃难跟穷人的享福也就差不多了。

兰都饭店的菜是好吃的，只是每每上桌的菜因了主人的热情，都上得太多了。吃完饭抹嘴之间，看着满桌剩菜，悉尽浪费，心里着实有些痛。这种心痛，已是我在国内吃接待饭后必不可少的一份心情。

晚上，雨停了，同於梨华大姐去逛街。大都市商场有的品牌，这里的商场也都有。灯火璀璨的保山，已经给人很现代的印象，它在我的脑海里，不再是偏远西陲的一个小地方。它与诸多大都市的雷同之处，真是让我意外。

2001 年 10 月 12 日　阴—晴

沿着怒江行驶的感觉真好，双虹桥的美丽让人赞叹不已。

月光下，河谷中的浴池更让人感觉到舒适和惬意。

早餐后，天还阴着，不知途中是否会下雨。一早我们就出发了。我们沿着怒江朝南行驶。云南的路很好走，路两边的山水青绿青绿，让人爽心悦目。不知道怎的，想起一句古诗：“一树碧无情。”过去读时，常想，这绿到无情的程度，真不知是怎么个绿法。而现在，在我们的眼边，见满山的植被之绿，便立即想到了这无情之绿，可谓“一山碧无情”也。

我们一路同行的连同司机共八人，其中有五个外来者：远道从美国而来的於梨华大姐、陕西的陈忠实、北京的陈墨、昆明的汤士杰，加上我，然后便是本地主人保山文联的小段还有保山报社的周勇。小车一会儿就走上了山道。越往高处，两边突然就迷雾茫茫，瞰眺莫见。我们都感叹说，今天算是糟了，估计什么都看不见，而且山下一定又在下雨。了解这一带气候的主人们都说也不一定。高黎贡山的云雾常常是没谱的，说来就来，说走就走。你以为在下雨，其实山下正晴空万里着。说话间，车拐到下山的路上，浓雾居然就随着汽车的下行渐然散去，怒江清晰可见，山下果真就是明朗晴日。

车在公路边停下。我们决定去看看怒江上古老的双虹桥。刚下公路，周勇指着路边裸露出的一根钢管，告诉我，这就是中印油管。虽然只是一根油管，它却顿时就让我兴奋。记得小时候看父亲所拍的照片，其中便有许多他们在铺设中印油管时的工作照。那是抗战期间。那时的父亲还远不到我现在这样的年龄。周勇写过一本《时间之痕》的书，他曾经几次翻越高黎贡山，也沿着著名的南疆古丝绸路走过一趟。周勇说这条油管从印度的加尔各答一直通到昆明，全长达三千多公里，是世界上最长的油管，但也是使用期最短的油管。因为日本一投降，它就没有了任何用处。这条油路曾经花费两年多的时间修建，现在像一个弃儿被人遗忘。它们或深埋在红土地下，或如眼前的这根一样，裸露在阳光中，只偶尔被人不经意地看上一眼。想到父亲当年曾经为之奔波操劳过，这根阳光下的、不被其他人注意的油管在我心里就有着不同的分量，因此，我站在油管边与它合影，那感觉，就像与父亲合影一样。为了这个，我对指引我看它的周勇也心怀了一份感激。

看双虹桥要走过一片密集的林子。因为刚下过雨，地上泥泞难行，一脚踏下，鞋上立即沾满了泥。於梨华大姐说她这一生从来还没有走过这么难走的路。我细想想了自己，因为一直生活在城里，似乎也没有走过。但是无论如何，我们爬高下低，跨沟上坎，终于走到了双虹桥边。当这座美丽的桥完整地落入我们眼中时，我真是情不自禁地惊叹了起来：真是太美了！

所谓双虹，是因为桥利用江中一座小小的石岛为过渡之墩，架成双桥，放眼望去，犹如两道彩虹，故得此名。双虹桥于乾隆年间修建，是怒江上第一座铁锁大桥。走上摇摇晃晃的桥面，低头看脚下的怒江裹挟着白浪激流奔腾而去，抬头看岸边绿意葱茏的树林以及不远处绿色更加浓重的高黎贡山，那种身在自然如身在仙境的感觉油然而起。在此时此刻，很难想象，抗战期间，这里曾经是最激烈的战场。中国守军在此拒敌坚守，与日寇隔江对峙两年多，并在 1944 年由此强渡怒江，收复失地。获悉这些历史，不禁想到，如此美丽的双虹桥，竟也有着沉重的往事和残酷的历史。

离开双虹桥，去到一处傣家寨子吃傣家饭。饭桌摆成一长条，是为“百家饭”。顾名思义为寨里各家拿一些菜出来，凑成这一桌饭菜。其实，傣家的百姓一定不富裕，让他们如此招待，我心颇为不安。我还不习惯吃这样的免费餐，并且是吃穷人的。因为还有其他客人，而当地领导要陪同那些客人一道前来，尽管已经快中午一点，但在他们没有到来时，谁也不能吃。傣村的男女们摆好饭桌后，便在老树下转圈跳舞，既是表演，也算等待。我们也一起等待着。老树真是很老很大，据说这是寨子的神树。树种是什么，我也没有细问。等待的过程是很热闹的，汤士杰与傣家人聊天，我和於梨华大姐索性加入到跳舞的队伍中，与他们共舞。傣族舞蹈动作简单，所以，跳几下，便能与他们协调一致。我觉得自己有一点点“老妇聊发少年狂”的味道。舞罢又与几个年轻女孩子聊天，因为有了电视机的缘故，他们对所有流行的东西也都了如指掌。像所有乡下女孩子一样，她们也特别想进到城里，而去昆明几乎是她们每个人的梦想。与她们聊着，觉得她们比我活得踏实和幸福。一个人最怕的是没有了梦想，有梦想的人生就会有幸福的感觉。而我这样的人，却已经过了梦想的年代，已然成了无梦者。

领导们终于来了，听说客人是来自新疆，真正是远客。傣族人的菜与云南其他菜似乎并无不同。最让我惊异的是这里的南瓜特别甜，甜得让我觉得不像是南瓜。傣家妇女拼命为我装饭，一装便是一大碗，而我实在吃不下这么多，最后只好逃之夭夭。领导们还在喝酒，我们因要赶到腾冲，故没等他们喝完，便先行而去。与那些热情而淳朴的傣族男女们道别，尽管只是很短暂的一段时间，但他们真给了我很好的感觉。

黄昏时，到达腾冲西向约二十公里的热海酒店。在那里吃的晚饭。腾冲以它的火山和地热闻名于世。这家酒店便是在腾冲最具特色的澡堂河谷中，邻近有利用地热而辟成的天然浴谷。饭后，因为行走一天，确也疲乏，大家便都摸着夜路去浴谷泡澡。

这样的洗澡方式在我也是头一回遭遇。浴谷给人很现代很舒适很典雅并且也很卫生的感觉。进门时，男女左右分开。我和於大姐进女部，服务员发给我们一人一件游泳衣，告诉我们要先冲净身体，然后再进浴谷内。

所谓浴谷，是呈在露天下的许多浴池。浴池全部是利用地下热水，每个池子都有不同的名目，有香木池、啤酒池、芦荟池等等，或可强身，或可疗病，或可美容，诸如此类，加起来总有上十个。进浴谷的每个人都可以根据自己的需要，去选择浴池。四周有优雅的音乐一直在轻柔地响着，它们来自石头缝里，来自竹林深处，来自芭蕉叶的阴影中，在月色和星光下，有如天籁。我一直在寻找音箱的位置，后来发现，它们全部都被嵌在石墙之中，让人一点都看不到它的存在。我们就这样躺在热气腾腾的池水中，看深邃无比的天空，听音乐高高低低地回响，闻着随热气同时散发着的芬芳，在青山环抱着的暗夜里，松弛着身体也松弛着精神。然后有一句无一句地聊天，聊文学也聊人生，聊中国也聊美国。话题很杂乱，如头上杂乱的繁星。而正是这种杂乱无章的状态，才让人觉出自在，觉出舒服，觉出惬意。这时候也想，追求享受，真是人的本性啊，腐败自己其实也是件很容易的事情。

最后的节目是去干熏屋。躺在薰草上，任薰草的清香包裹自己，任地底下的热气透过草熏蒸自己，昏昏然想要长睡的感觉浮满全身。一切都无以言说。

与我平常单调的写作生活相比，今天是太丰富了，丰富得我有点招架不住。

2001 年 10 月 13 日　星期六　晴

那些轻盈雪白的苇草韧劲十足地随风摇摆。
云南的路上真是太美了。不需要驻足观景，
就这样驱车行在路上，便已然是莫大的享受。

一早起来，推门出屋，新鲜空气中夹杂着山里的清香，扑鼻而来，随同而来的还有一点点硫黄的味道。站在廊栏处朝远望去，山边一些雪白的苇草在风中摇摆着，阳光下它们是那么轻盈白净，白净得让我有讶异之感。

早餐后便参观地热现象。因不是假日，游人不多，感觉便尤其好。我现在最怕到那些人山人海的旅游点，原本美丽奇异的景色，却因了人多缘故，山水都为之逊色。

看过文字介绍，这个河谷拥有腾冲最有名的地热景观。它北起硫黄塘，南接松山箐，东到忠孝寺，西连芭蕉园，面积约九平方公里，沸腾的热泉有数十处之多。最壮观的一处被称为“大滚锅”。尚未走近，便已感到了它的温度；走近观之，里面的水开成白花状。更有附近的农民，用这水煮熟鸡蛋在一边叫卖，煞是有趣的场面。整个河谷中到处有热泉眼，大多经过人工包装，成为热闹的景点。我们随游人顺路而行，山中有溪奔流而下，溪水倒不是热的，很清亮，跌宕中形成小瀑布。瀑布落在石上，细粉一样的水珠四溅而起，于是把阳光变成了彩虹，闪烁其间，成为与热泉不同的美丽。

河谷中的路也修得很好，一筒筒的圆木钉成，有栈道之感。在清晨时分，沿着小路行行走走停停，看热泉看溪水看飞瀑也看青山，虽然是走马观花，但也让人心满意足。总归这都是过去所没有见过的场面。

太阳升高的时候，我们离开了热海，直奔腾冲县城。一路上，山清水秀，路边的农民正在收割。沿着田边，那些轻盈雪白的苇草韧劲十足地随风摇摆。云南的路上真是太美了，不需要驻足观景，就这样驱车行在路上，便已然是莫大的享受。想起来云南之前汤世杰在电话里跟我说的话：云南这地方，你以为来一遍就够了吗？来上三遍四遍都不够的。这话是真理。而陈墨说，他自来过一次云南后，就再也放不下这里，只要有机会，就要过来。现在他已经来过好几次，却还没有半点厌倦。

我想，我现在对云南的感觉，也成了汤世杰成了陈墨了。

到县城时，因为还早，便去国殇墓园。墓园在一个名为“小团山”的山坡。这整个的小山坡都是墓园，九千座墓碑从坡底一直排到坡顶，就像排列着的士兵一样整齐密集。据说埋葬他们的方式正是按照他们活着时建制进行排列的。他们九千多个都是中国远征军二十集团军的将士，全部牺牲于 1944 年抗日战争一场光复战中。这里很安静，静得除了鸟叫，几无人声，但却令观者触目惊心。

残酷的战争使这些将士远离家乡和亲人，从此阴阳两隔，长眠在此。风风雨雨已经将他们的墓碑冲洗和磨损得看不清上面的字迹，曾经被毁掉的小镇也已经繁花似锦，但是地下的他们已经完全不知了。这样的场景，令我感到震惊和悲伤。但是最震惊的还不是墓园本身，而是一年一年前来寻找亲人的人们。六十年光阴漫漫，历史也已浮上了灰尘，可是战争带给人们心头的创痛或说是阴影还远远没有消失。躺在小团山下的战士也都有着父母和兄弟姐妹，他们的亲人直到今天仍然不断从遥远的地方来到这里，寻找他们在突然之间失踪了的亲人。他们一次次地拭去墓碑上的青苔，试图在九千多座墓碑中辨认出属于他们家庭中的那一个。找到自己亲人的人们，献上鲜花和自己的寄托后，带着一点点安慰返回家园；而没有找到的人们却以一种永不放弃的精神继续他们的寻找。这样的寻找不知道何年何月才能结束。对于埋葬在此将士们的家庭来说，小团山是他们永远的心痛。站在这里，你不能不想到，战争带给人们的伤害真的不知道要经历多少时间才能抚平。躺在这里的每一个人的故事可能都能写成一部动人心腑的小说，每一个人的命运都是一首伤痛的诗。

国殇墓园一直挂着国民党的旗子。据这里的人说，就是在“文革”那样的混乱中，这里的国民党旗帜都没有被摘下过；蒋介石为此墓园题写的“碧血千秋”四个字，也没有被毁掉。为了这些浴血奋战过的人们，人们守住了最后的一点理性。从这一点点的理性中，我们还是能看到人道和文明的力量。

下午，驱车到和顺乡。腾冲的路很好，县城的路尤好，一条宽路拉伸出去很远很远。实际上云南的路以及云南的机场都很棒，在我来云南前，怎么都没有想到这些。总觉得云南应该是不及我所居住的湖北的，但结果并非如此。想必云南因是旅游热地，长年接待游客，已经形成了规则。所以来云南旅游吃住行都相当方便，就像保山和腾冲这样的地方，在内地还没有觉得它们的“热”，而它们的设施就已经为即将到来的“热”准备好了。

途中听当地主人介绍说，和顺是哲学家艾思奇的家乡，这里还有中国第一乡村图书馆。虽然介绍得很详细，但我似乎仍没当回事，因为过去在电视台常常下乡，心里自以为自己完全知道乡下是怎么一回事。

不料到了和顺乡后，却让我吃了一惊。和顺乡简直不像我心目中的乡下，倒更像一个景色怡人的风景区。虽然，和顺的闻名是以它的文化而非风景，但它的景致实在是让我倾倒。

我们去的地方是和顺乡的和顺大寨和水碓村。寨村紧紧相连，鸡犬之声相闻。我们的车停在水碓村边的空场上，下车即看到倚山而升起的元龙阁。浓绿的树林是元龙阁巨大的背景，金色与绿色相辉映着，很明亮醒目也很灿烂。阁下是一池清潭，潭边有木头，一直伸进水里。木头有一种沧桑的色彩，想必村里人曾经用它来洗衣打水，而现在多半只用它来怀旧了。沿着石头的小路，我们一直向上，然后就到了艾思奇的故居。

艾思奇这个名字对于我来说实在是太熟悉了，当年大学哲学课的教材就是用他的《大众哲学》。尽管如此，但我除了知道艾思奇是个革命的哲学家外，其他却一无所知，直到今天来到和顺乡。

这是一座很漂亮的院子，有点四合院的味道。却比四合院多出几分南方的绮丽和雕饰，也多出几分温润和潮湿，它们显示在木雕的门窗和屋檐上，也显示在院里的杂树繁花和爬得满墙的青藤上。据说这房子是艾思奇的父亲李曰垓 1930 年用他得的一个什么军功奖所筑的。1910 年出生的艾思奇并不是出生在这个院子里。在这房子未盖之前，他业已离开了故乡。但无论如何，这都是他的家。艾思奇的父亲李曰垓也是云南名人。他长年在外为官，文武双全，曾经被章太炎称为“天南一支笔”，在他家这幢老房子上题有对联，曰：花可解语还多事，石不能言最可人。蔡锷从云南起兵讨袁时，他是护国军第一军秘书长，曾写过《讨袁檄文》。这不由令我想起老外公。我家老外公杨赓笙当年在李烈钧发动的“二次革命”湖口讨袁中也曾任秘书长，也写过《讨袁檄文》。而蔡锷起义时，老外公从南洋募捐回一大笔钱，亲由缅甸入境，送钱至昆明，给蔡锷起兵讨袁。说不定李曰垓还是老外公的相识哩。如此想过，这个地方于我就又多出几分亲切。

艾思奇也算是家学渊源。艾思奇原本叫李生萱，因为热爱卡尔·马克思和伊里奇·列宁，便为自己取了个革命的名字——“艾思奇”。1935年，艾思奇写了《大众哲学》一书。此书一出，立即风靡全国，一版再版，影响了好几代人。一直到我上大学的1978年，它还是我们每人必读的教材。人一生，能写有一本这样的书，真是足矣足矣。传说蒋介石向他的下级发牢骚说，艾思奇凭着一本《大众哲学》把他打败了。此说是否是真，姑且不论，但艾思奇的这本书使无数青年学生和知识分子成为共产主义的向往者倒是千真万确的。艾思奇大约十岁左右时，回过家乡一次，此后就再没有回来，但家乡人民对他的点点滴滴都记得清清楚楚。他家的老房子，现在也成了他的纪念馆。

我们感叹着走出艾思奇的故居，外面阳光灿烂。再细细地观看这小小的水碓村，观看这里大片的竹林和树林，观看村外一座连着一座的火山，觉得这地方充满着藏龙卧虎之气息，的确不同凡响。

再一次地沿着石头的小路下坡，我们信步走到和顺大寨。料想不到的是，更大的吃惊正等待着我们：一座漂亮的图书馆蓦然就出现在眼前。说起来，我当电视记者时也跑过不少乡村。乡下对文化和教育都不重视，中小学校都破旧不成样子，更何谈什么图书馆。正因为知道乡下的底细，此刻才觉得更加惊异。

知情的人告诉我们，和顺图书馆可说是中国乡村第一图书馆。因为没有哪一个村子里有这样规模的图书馆。更重要的是，它不是近年所建，而是建于 1928 年。掐指算来，它已有了七十多年的历史。这就更让人惊叹不已。想来关注它的人真不少，廖承志的题匾、胡适的题匾都高高地挂在大门上。图书馆占地面积大约有一千多平方米，有两个小院子和一个花园，院里的三角梅在搭起的架子上如火如荼地开着。馆内藏有两万册古本木刻线装书和上世纪初的读物，走进去翻阅，历史的尘土气息扑鼻而来。早年的刊物《万有文库》《东方杂志》《世界文库》等都收得颇全。想不到走到这样的偏僻之地，竟能看到这样的历史书籍，实在是让人意外。只是，在后来的几十年里，全馆只收藏了五万册书。我到收藏当代的书架上看了看，垃圾书也不少，教材书最多。想来图书馆藏书最旺的时候是在它的早期时间而并非现在。定心思之，虽然觉得有些遗憾，同时也深知其中的无奈。比较起来，和顺图书馆能保存到现在，能为乡民们留一处看书的地方，也真不是件容易的事。

和顺大寨虽然只是云南边陲的一个小小乡村，可行走在村里石板路上，却能嗅到这里浓郁的文化气息。村里的深宅大院有不少，我们去到一家李姓人家，其家屋内成了民俗博物馆。院里房房相套，院院相通，大大小小，有如迷径。这个家庭有着十分复杂的故事。与屋里的女主人聊起来，觉得就凭这个家族以及这座庭院，足可拍一部二十集的电视剧了。出了李家，遇到村里两个买菜回家的妇女，知我们从外地来，便说她们家的院子比这还要漂亮。我们一听，兴趣又来了，立即跟着她们过去。在石径小路上拐来拐去，拉拉杂杂地说着关于和顺的闲话，然后走入一个毫不起眼的门洞；再往里走几米，才发现果然有一座好院有一幢好屋。院里花草满是，一张小桌摆在中间，已经放好了饭菜：一碗鱼醒目地放在中间，有香气钻入鼻内。屋是木结构的，木雕的窗棂和门檐，都很是精致，让人看了赏心悦目。这也是一个大家族。只是目前家里人都住在了外地，所剩人口三四个，诸多的房间都空了起来。如果想要租房，可谓便宜。我当即表示，徜能租个房间在这里写小说，一定别有兴味。说老实话，这地方如果离我的家近一点，我还真想这么一做。用这样的方式去体会生活，比枯坐在自家的电脑前没完没了地打字一定要有意思得多，心间冒出来的文字也一定会很感性很活泼很湿润很有人间之气，正像这个和顺大寨里流淌着的气息。

我好喜欢和顺的自然环境和人间氛围。我想我说不定哪天真的会到这里来，租一间房，倚着这雕梁画栋读书和写书，然后坐在小院里家长里短地与女主人聊天。阳光斜斜地照进来，三角梅红着，常春藤在墙根爬着。如果下了雨，就坐在廊前听雨滴的声音。徜有音乐，当然就更好。我若再来和顺，日子就应该这么来过。

和顺大寨有许多人家姓“寸”，“寸”姓是这里的大姓。这姓好怪。

2001 年 10 月 14 日　星期天　晴

一切的一切，都让人脑子里浮出艾芜所描述过的场景。
看这床，看这马槽，都觉得是艾芜睡过的，
是艾芜用过的。而门外的马拴，也是艾芜拴过马的。

一早，县里人说今天的内容很多，可能会比较累。腾冲是一个能让人尽兴的地方，徜能尽兴而游，累又算得了什么。

我们先驱车前去看火山。腾冲的火山举世闻名，大大小小的加起来有四十多个，也有一说是九十多个。听上去真很是吓人，但都是死火山。最年轻的火山打鹰山最后一次爆发也距现在有 380 年了。不过，90 年代后，据说，有学者经考察，认定腾冲的火山并不是真的就“死了”，而是处于休眠状态。这消息还是有些惊心的，既是休眠，就会有醒来的时候。谁知道它老人家哪天突然醒来，一个呵欠打出口，腾冲人便没法子过日子了。

火山很容易认，它们多是平顶的山，像一个人没有头，跟日本的富士山很像。腾冲的民谣曾说：好个腾越州，十山九无头。说这民谣时，一定还不晓得这些山都是火山。

我们行在公路上，很白的云在眼界尽头处的高黎贡山腰远远地飘着。眼边不断有火山出现，火山的山脉似乎并没有相连在一起，倒是一个一个独立地站着，隔不多远，便立着一个，像是豪华小区里的别墅，模样相同，互不往来，只彼此望着对方，颔首示意。火山是圆的，中间空心，远看如一口锅盖倒扣在地，本地人称它们为空山，我们看得最清楚的是大空山、小空山和黑空山，它们是我们今天主要的参观点。现在休眠着的它们都是旅游景点。

火山入口处被开辟得大气磅礴，据说不久前这里举办过大型的演唱活动，来了不少著名演员。只是今天我所见到的游客很少很少，少到除了我们一行，再未见有其他游客，大约只有节假日时会有一些人去。更或许因交通不很方便的缘故，此地成为远道自游客的放弃之地。

大空山较高，比较难爬，我们爬的是小空山。站在小空山的顶上，山上景致莫名地就让人兴奋。野花草甸以及稀稀疏疏散落在草甸中的树，再加上阳光深深浅浅地照着，山下的田野和小径铺陈在眼前，很舒缓优雅的样子。山中真是空的，深深地朝下凹着。这时的我们又像是站在一口大锅的锅沿上。锅底很圆，斜着向上敞开的锅壁上长满着花草，低低的、矮矮的花草。树并不多，便愈加显得空洞，仿佛烈焰升腾喷发为的就是现在的这份宁静和安详。如在这里野营，确是一个妙不可言的好地方。只是，倘若下起了暴雨，不知道里面会不会积满水，就像锅里盛满着汤水一样。

站在小空山上，回身朝高黎贡山眺望，天很明亮，山的轮廓清晰可见。云在高黎贡山四周缭绕，很缥缈柔和，很自由洒脱，好舒服的色彩和好明丽的景象。我们都不由得高声赞叹，并纷然地以它为背景合影留念。

下山后，主人带我们去看一处十分奇特的地质现象。那是火山喷发过后留下的遗迹，术语被称为“柱状节理”。闻所未闻的提法。为什么这么称呼，大约只有地质专家才能解释。

车开到山上，我们要去的地方在山下。于是下山，沿着曲曲折折的小路，在密林中穿行。下到山谷底，清澈的河水从高处向下流着。在河边远处的大石上，一群猴子在跳跃。它们让我们感到惊喜万分。走过河滩，走过水坝，走到一座小小的水电站边，这个著名的“柱状节理”就铺陈在了眼前。它们在山体上东一处西一处地展示着当年的火山留下的痕迹，硬硬朗朗的，呈几何形状，挤在一起，非常有规则。其状态的确奇特，奇特得我不知怎么形容，仿佛失语，仿佛缺词。以我这样的外行，如果不亲见，别人怎么说我都想象不出它的样子。同样，无论我又怎么样去对人描述，没有见过它的人，也想象不出它会是怎么样的。这是火山爆发所造成的奇迹，只有自然的力量才能绘出这样另类的图画。

原本还要去看瀑布。周勇说这里的水（似叫黑鱼河）比九寨沟的还要好。我去过九寨沟，认为那里是天下最美的水，于是不信周勇所说。周勇表示，看了你就会知道。可是因为眼前河中的石头相隔得太远，我们跳不过去。过不了河，便去不成黑鱼河，这样周勇也无法证实黑鱼河的水好于九寨沟了。

汽车在很远处的公路上等我们。我们必须沿着小路走出山去，一边是河一边是野草丛生的小路，路边疯长着“飞机草”。据说这是一种日本草，从缅甸传过来的，没有任何用处。它长过后，别的植物都不长了。这草的破坏性极大，牲畜也不吃它，人们拿它无可奈何。在云南，我们到处都能看到这草。周勇说它正飞速地向内地生长。可恶的日本草！

这段山路的距离真是好远，但是山中无人，只我们几个，又无赶路之急，且走且聊，倒另有一番悠闲。我最喜欢这样的悠闲，最怕行军打仗一样的旅行。我们左边是山，右边是河，脚下是乱草丛中的小路。左边山上洪水冲过的痕迹历历在目，不时有桥冒出。桥似乎不是为行人而搭，而是起着阻挡山上石头的作用——我这样理解这无人踏过的小桥。右边的河中，石头撒满河床，河水因此而忽急忽缓，淙淙的水声不绝于耳。小路不宽，但也能保证路上的草不扫人面。草很细瘦，也很高，在山风中摇摇摆摆。我说虽然没有看到黑鱼河，可是这一趟山间行走，却让人心生快意。人生难得几回在静而无人的山中行走。

午餐是在一个小小的镇上，周勇说这是李根源的故乡。李根源在云南名声赫赫。他曾是朱德的老师，无论生前死后，都极得朱德敬重。李根源还是艾思奇的宗伯。他早年留学日本，在辛亥革命中便露锋芒，与孙中山、黄兴这样的革命领袖交往，也与章太炎、章士钊这样的儒家书生交往，可谓出得殿堂，进得书房。最重要的是，无论是讨袁还是抗日，李根源都挺身而出，其人格气节深得人们尊重。这一路，我们听到许多关于李根源的故事，也看过他的照片，长袍马褂，白髯飘胸，一副大儒的样子，一望便知他的道行很深。李根源于 1965 年去世，追悼会是他的学生朱德主持的。李根源的别号叫高黎贡山人，可见高黎贡山于他个人的意义。小镇上陪我们一起吃饭的人中有一个年轻人，周勇说他是李根源的亲戚。

吃饭间，下了几滴小雨。云南的雨，来与走都很随意。不知觉间它就来了，不知觉间它又去了。没什么由头，也没什么前兆，有点像个小孩子故意捣蛋。吃过饭，驱车往江苴。

车在蜿蜒的山道上开了好久。进山深处，路不是太好走了，但路边景色却越发地好看起来。云南这地方真是太美太美，这种美丽不是一团一簇的刻意存在，而是随处都是。真正的景色就应该这样随处都是，没一点人工痕迹。

江苴这地方最让人先想起的就是艾芜的书，一本《南行记》曾经让多少我这样的人看得如痴如醉。当年看时只恨自己没有生长在艾芜的时代，只恨自己不能像艾芜一样跟随马帮穿山越岭地流浪。时间已经过去近百年，江苴却与艾芜流浪的时候差不太多。依然是石头铺陈的街路，依然是“高脚楼”似的木屋，屋里依然幽暗陈旧，屋外的拴马桩上依然有马在歇脚。不同的只是人们的言谈，人们的言谈与艾芜的时代全然不同了。现代传媒深入到乡村每一个角落，人们的语言全然是现代的时髦的活力迸射的，并且与我们这些来自美国的来自北京的来自大都市的人并无两样。

周勇带我去一个马店。那里的进门处，还摆放着一张木床。

床很大，可睡两人。周勇说这是当年的赶马人所睡的床，现在没有人用它了。马店的院里，还有一个马槽，石头的。一切的一切，都让人脑子里浮出艾芜所描述过的场景。看这床，看这马槽，都觉得是艾芜睡过的，是艾芜用的过，而门外的马拴，也是艾芜拴过马的。文学这东西，因我自己是做这行的，常常轻看它，可在这里，一个小村落，会让你想起书中的一切，会让你忍不住按书中所说去寻找，会让你惊喜和激动，会让你儿时的梦想一起涌上心头，会上你深深地怀念一个作家。这时候，就又会觉得文学的力量又是那么强大。

从高黎贡山西坡下山的第一个驿站，就是江苴。下山后的马帮便在此歇脚，村里大体还保持着当年的样子，房子们也都有了百年的历史。出乎我意外的是江苴的学校倒蛮不错。看见这样的学校，我心里对腾冲这个地方充满敬意。虽然它处在边陲之地，也不富裕，可是腾冲对文化的重视和对教育的重视，实在比我去过的许多地方要强。从他们学校、博物馆以及图书馆都可以让我强烈地感受到这一点。大概云南整个风气都是如此，所以云南人的谈吐常常是不俗的。我从武汉这样一个俗透了的都市出来，一个人俗与不俗，谈几句话就能看得出来。

我从心里好感谢周勇带我们来这里，看这样的地方，并在此认识历史了解民间深化我们过去的所知，比去一个热闹的旅游景点要有更多的意义。可能某一天，我会忘记火山和地热那样的观光之地，但是我绝对不会忘记这个小小的江苴。

离开江苴，已近黄昏，热情的主人要带我们去看北海湿地。北海湿地是一片沼泽地，下面是清澈的湖水，上面浮漂着水草。水草根根相连，成了一片草地。草地上开着野花，煞是好看。湿地的旁边，种有水稻。说是这里人如果偷水稻，不用去割稻，只需要把地割下一块像船一样划走就行了。起先听说时，我不明白，真待见着了，却觉果然如此。北海湿地的船家将割好的两块草皮分别交给周勇和陈墨，他们便踏上去，划船一样把草皮划到了湖中，令我们这些观者惊喜得又喊又叫。禁不住大家的再三劝说，我和於梨华大姐以及陈忠实等人也都脱了鞋，弃船而上草甸行走。虽然草在湖上，可是人站到草上去，草却不会陷落，脚下软软的，一踩一个水窝。只是人不能老站在一个地方，否则会陷到水里。夕阳西下了，阳光把草甸抹成金色。我们在夕阳下的北海湿地深一脚浅一脚地迅疾行走，尖叫着也高笑着。那种疯狂的快意，一生难得有一回啊。

随意而去的雨又随意而来了，正是黄昏，有点细雨，有些灰蒙。这是美丽风景的佐料。云南的美丽，再多的形容词堆砌起来用，都不为过。我越来越喜欢云南这个地方了。

到县城时，天已黑了，却无疲惫。我们这一行的旅人们，一路相处得非常愉快。於大姐爽直，有一种单纯的天真；陈忠实幽默，有一种朴质的随和；陈墨为人风趣，读了不少书，记性也特别好，谈古论今，一把好手；汤世杰热诚爽朗，在云南跑过许多地方，说起来头头是道；周勇纯朴认真，有点酷酷的样子，曾经多次翻过高黎贡山，像赶马人一样走通了云南的古驿道，一路对我们的讲解就有了专家的意味。而小段则总是笑呵呵的，住宿吃饭跑腿办事，都是他来干，路不好走时，还得当於大姐的拐杖，是个很好玩的人。在车上，大家都跟这次旅行的邀请者汤世杰说，下回到云南，还要叫我们几个。

今天跑了好多地方，行程到此，我已经尽兴。明天我们将去瑞丽，无论瑞丽之旅好与不好，对我来说，都可算额外的收获了。

九寨流水账

说起来，九寨沟我前前后后去了三次。1984年春天头一回到九寨沟时，路上走了两天多，沿途时有塌方事情发生。走到险处，大家不敢坐车，全都下来，让司机慢慢将车挪过去，我们则步行涉险。在几乎快到目的地的时候，一个严重的塌方堵得我们根本无法前进，一直等到天黑，路都不通，最后只有在附近找了一家藏族寨子投宿。那时的九寨沟里几乎没什么人，进沟的大门是一根木杆横拦着。沟里有马无车，亦无栈道，我们一路赞叹着走了一个海子又一个海子。走到珍珠滩，看着春水从坡上泻下来溅起遍地水花时，真是有一种目瞪口呆之感。大家只是念念有词说着“水呀，水呀”，却不知道用什么样的词来形容其美。晚上，我们就住在沟里新盖的竹屋中。那里离藏民的寨子也不远，寨子里的藏民对于远道而来的游客们非常热情，他们的脸上都露着朴质并略带羞涩的笑容。我们在月光下举行篝火晚会，大家围着火光跳舞，沟里的藏民们笑着跑来看热闹。想起来，那真是一段有趣的往事。回来后，九寨沟便成为一个令我难以忘怀的地方。

后来，九寨沟成了热门的旅游点，去那里的人越来越多。人们都说，春天的九寨沟远不如秋天的好看。在秋天，满山彩色，倒映在水里，原本就漂亮的水更是色彩斑斓，秋天才是九寨沟最出彩的季节。如此说法，实在是很吊我的胃口。于是，几年前的一个十月，我在武汉打电话给成都的旅行社，定了时间和车座，再一次去九寨沟。此时的道路已经修得很好了，一路全无险要。早上离开成都，当晚便抵达沟口。沟里的旅馆，业已全部迁到了沟外。沟内的一切设施，从汽车到厕所，都是环保型的。四通八达的栈道伸入到景点最深处，它们将游客们的目光延伸到那些曾经难以抵达的幽秘美景之中。1984 年的春天里，好多的风景都是因为树林和流水，根本无法进入一观，只能站在路边眺望，因此好多地方我都只是雾里看花，未能看到其最美的部分。这一次却被栈道送到了风景的最深处，行走在里面，听着流水，闻着花香，有一种进入仙境的飘飘然。秋天的确使九寨沟披上了彩装，比之春季，多出许多丰富。而日新月异的建设，也使得九寨沟变得更人性化，也更适合人们旅游。

我是旅行爱好者，说起来，也算走过不少地方。对于常态的旅行方式，走马观花地看风景，我不是太喜欢。因为风景与风景不一样，为此，观看它们的方式也当是不一样的。比方庐山，要住在山上的老别墅里，至少住上一周，白天逛山，晚上逛街，或是找一本老书闲闲地阅读，吹着山风，听着山泉，吸着山气，使之与书中的文字，一起成为身心的营养。又比方桂林山水，要沿着漓江的岸边，徒步行走，穿林过村，移步换景，慢慢品味林立的青山和清澈的流水以及夹杂在这山水间的田园村庄。而九寨沟呢？因它的特殊环境和地理位置，一天走不完，沟内不能住，而就算来一次住上十天，也没办法看尽九寨沟。因为四季不同，它的景色也是完全不同的，春夏秋冬，各有韵致。为此九寨沟的风景必须四个季节轮着看一回，才能看出更大的快感。因有这个理由，今年的夏天，我再一次来到了九寨沟。

由于空中航线开通，到九寨沟变得容易起来。从成都双流机场到位于高原的九黄机场，只需 45 分钟。方便是方便了，只是坐着长途汽车，沿着岷江在山里蜿蜒而行的过程也没有了。没有了旅途中漫漫行路的过程，旅游的乐趣就少了一半。好在对我这个已在此线上走了几次的人来说，倒不是坏事。

夏天的九寨沟，扑面而来的是它无比浓烈的绿色，山上山下皆如此。比起春天，它少了花色，比起秋天，它少了树色。但大小的海子因了这色彩的单纯而显得更加本真宁静，瀑布和水滩因夏水的丰厚而显得更加阔大湍急，藏寨的彩色幡旗又因明亮刺目的太阳照耀而显得更加鲜艳夺目。夏天的感觉与春、秋果然也是不同的，它将宁静和热烈和谐地糅在了一起。它的味道像春秋两季一样，让人回味无穷。

看过了三个季节的九寨沟，现在，我还缺一个冬天。所以，我计划在某个冬天，九寨沟下雪的时候再来一趟，那时的感受一定会更加不同。

我想，意欲四季看九寨沟的人一定不少，因为九寨沟实在是一个值得令人一而再再而三重新来过的地方。或许正因为此，九寨沟的游客也极多，多得令九寨沟难以承受。虽然林深沟长，但旅行社时间上的安排大同小异，进沟和出沟时间也都差不多少。为此最精华的景点总是拥挤着最多的人群，人声的喧哗打碎了本该与九寨沟风景相匹配的安静，自然风景中充满着嘈嘈杂杂——这是看不见的垃圾。这使得我在赞叹风景的同时，心里又存有几分遗憾和几分担忧。遗憾着人多，使我无法在海子边静坐一小会儿，让纯净的山光水色洗涤一下身心中被尘世所污染的浊气；担心着人多，浑浊的人气会突破所谓的保护，无形中伤害风景，使九寨沟的纯粹不复存在。还有最担心的，是一些说话管用的人，或是我等这样的文人，他们的言论会影响九寨沟权威人士的作为，将好端端九寨沟弄成不伦不类。比方说，给风景点注入人文精神等等。其实，小气的景点，才需要人文的东西来额外补充，以使之变得大气一些，这如同身体不好的人需要补品一样。而原本就大气的风景是不需要人类来注入什么精神或是什么文化的，它的自然中已然包容了这一切，它天然就有着启示和帮助人类的内容，比方大海、雪山、无际涯的草原，如此之类。九寨沟又何曾不是这样？它只需要保持它纯粹的自然，就足以让人类对它仰慕对它崇敬了，它又何须其他人造的点缀？

这些算是闲话。

九寨沟的人说，九寨沟这地方是摄影家的天堂，画家的地狱，作家的坟墓。听时只是笑了笑，写文章时方觉得这话说得真是准。我走了三趟九寨沟，却一直没有为九寨沟这么美丽的地方写上几个字。想想原因，实在是自己词乏之故，竟无法将九寨沟真实的景致描绘出来。纵算是汉语丰富无比，我却仍然觉得难以找到与九寨沟的美丽相匹配句子。无奈，只能记如此的流水账一篇。

在丽江看街看雨看人

一

几个朋友一直在说，丽江是世界上最漂亮的地方，你一定要去丽江看看。丽江在他们花团锦簇的描绘中，就仿佛成了我的一个熟得不能再熟的人，而且这个熟人正等着我前去探望和拜访。于是，这次一接到云南作协邀请，我想，一定不能错过这次机会。

清早七点半便从昆明出发。虽然云南的道路都非常好，但毕竟太远，路上晃来晃去地，也花了七八个小时。直到下午三点过后，才终于看到了阳光下的丽江。

原来，耳朵听来的丽江、书上读来的丽江、脑袋想象的丽江却与眼睛看到的丽江很不相同。以为丽江是清静的，是古色古香的，是带着闲散和悠游，泊在雪山下的，有干净的风吹过，有纯净的水流过，有明媚的阳光拂过，有朴素的人群走过，有着世外桃源的气息和韵致。却不料扑面而来是满耳的嘈杂和喧嚣，是满眼的人头和导游小旗，是满鼻子的铜钱臭和气息臭，是满街的流行乐和红灯笼，是门挨着门的比江汉路还要花里胡哨的小店，是燥热和轻浮，是呆板和刻意，是雷同和做作，是满心的失望和沮丧。甚至有些不明白，这样一个地方，为什么朋友们却都一致叫好？

但世上的确有这样的地方，当你看它第一眼时，什么都好，可你再看它第二眼时，就发现什么都没了。却也另一些地方，第一眼看得满心烦躁，甚至心生厌倦，但接下去却越来越看到它的好。不知道丽江会不会也是如此？否则它怎么会拥有那么好的口碑？

于是我离开酒店，在古城挑了家客栈住下。客栈名叫“瑞雪”，位于古镇的四方街附近。

住下来的决定果然正确，离开主街，踅进曲曲弯弯的小巷，丽江就有另外的风景。它至少是安静的，是有风情的，是韵致十足的，是带着点惺忪睡意又带着点酒醉迷离的。越晚越好，晚到人迹稀少，灯光黯淡，丽江的味道就开始一点点朝外渗。白天张扬而俗气的红灯笼变了味，冷冷地吊在暗夜的半空，幽幽的一副讨巧的样子。酒吧还是密集，但已然没了喧嚣。偶尔也有人在 K 歌，放肆地吼唱，一般来说，都唱得很差，但却已不让人讨厌，反觉得不会唱歌也是一种朴素。

雨也不期而至，浮尘被扑灭了，气温被扑低了，行人也被扑出老远。这时候撑着雨伞裹着披肩，去冷僻的小巷走走，只需几步就走出别样意味。五彩的石板路湿漉漉的，有些打滑，流水的声音很清晰，甚至水边花朵开放的声音都能听见。丽江的花枝喜欢从岸上一直垂到水面。从门缝和窗里跑出些喷香，香气里含着肉和辣椒，煞是羡人。行人很少，杂色很少，俗气很少。属于丽江的气息便穿过雨线，从四面八方涌来，伴着寒意索索地钻进身心深处，在那里撩拨你的思绪，你的心意，你的情怀，还有你秘不对外的忧伤和悲哀。在无人的雨天小巷，有很多复杂的感动。

始知，丽江是不能只乍一看的，它需要你去细细地品味。

二

丽江水多，自然桥也多。丽江的街几乎是随水流而波动的，所以不时地要拐一个小弯，重复的次数很多。走在这弯曲的街路上，不小心走进一家院落，就能遇到异人。

丽江，甚至整个云南，都应该是出异人的地方。宣科算是一个，纳西古乐因他而闻名。那些乐曲有一种单调的华丽和一种干净的灿烂，很好听。宣科身穿蓝色长袍，站在舞台上兼当主持。他汉话和英语夹杂着说，胡琴和木鱼交替着使。他亦说亦笑，亦吹亦骂，亦真亦假，亦虚亦实，调侃天下所有人，撩起观众阵阵大笑。他坐过二十多年牢，已然有一种不在乎一切的派头。我喜欢他的满不在乎。

丽江古城密集的老屋，老屋门前永不干涸的水路，组成纵横交错的街巷。街巷的老式房门大都关着，总想试着推开，看看里面还有没有潜伏着高人。怀着这份心，在雨天的小巷里，走呀走，突然就撞到四个大字：梦回丽江。

四周更静，更湿，更是无人，便小偷似的伸头朝里张望。爬满常春藤的花架从大门口一直延向院落深处。那幽深之处会是什么？这想法一起，就有点折磨人。到底还是忍不住走了进去，被惊动的常春藤像一阵大雨般把叶上的水珠抖了满满一伞。

两个男人坐在屋廊的壁画前烤火，小炉里烧着煤，炉火正红着。屋廊的尽头看得到一台电脑，立即觉得这里的气场令我熟悉。他们一高一矮，都站了起来，问你们干什么，我说只是看看。与我同去的是丽江的女作家小梅。小梅说你们是做什么的，高个说他是网络写手。我们便有几分惊喜，仿佛对上了暗号，遇到的是自己人。小梅报出了我们的名字，高个男人脸上放出了光彩。他说他都听说过，尤其是小梅。于是我们在长长的门廊落座。

烤着炉火，矮个的男人端来了茶水。他驼着背，眼睛里全是善良。他说他在这里打打杂。央视的人来这里拍片，他们管他叫“卡西莫多”，他不知道是什么意思。他一指高个子网络写手，说我是他的同学呀，小学的。他这人最能干，什么都会。

只几分钟，我们便知道了高个子的名字，他姓章，在网上叫“原始古龙”。梦回丽江是他开的一个论坛。他和一群热爱丽江的人在网上吟诗赋词。他说游客的素质太低了，光知道打牌喝酒。于是，他每天都坐在院子里阳光下等待，就想等待真正的文人能走进他的院子。一直等呀等的，等了许久都没有人来过。今天下雨了，他生起了炉火，坐在阴暗的门廊里，却来了两个真正的文人。我和小梅就笑，笑后就有些感动。

原始古龙是南下过来的。他是浙江人，说是与章太炎一族。他当过兵，转业回来搞过贸易，懂设计懂绘画，还能作诗，现在就成了网络写手。他说，你随便说个主题，我就能即兴为你写一首诗，我在网上经常即席赋诗。我和小梅都有些惊异。小梅立即让我出题，我便报出“雨中的丽江”。

原始古龙想都没想，就开始吟诵。我请小梅笔录下来，但现在却找不到那首诗放在了哪里。只记得诗里一句：你是近近的，也是远远的，你是远远的，也是近近的。我觉得这一句是写得不错的。那是他的心境。他在外漂泊时，丽江近得就在心里，他回到丽江，丽江给他的却满是陌生。家园给人的感受常常就是这样。

三

原始古龙说话时眼睛透着忧郁。他说他就出生在这丽江古城。这里就是他的家乡。突然有一天，他发现他的家乡已经不再属于他。因为熟悉的一切却已变成陌生，到处都是外来的游人，到处都是外乡人的店铺，到处都是陌生的面孔和声音。邻居都四散而去，搬进新城。

倚墙而坐晒太阳的老人越来越少，一直到慢慢看不见了。儿童的喧叫也都销声匿迹。所有日常的琐细的见惯了的生活，都莫名地离去，像色泽鲜艳的生活画布魔术般地褪尽颜色。

是呀，没有了邻居，没有了家长里短；没有了乡音，没有了你来我往；没有了啼哭，没有了早出晚归；没有了亲情，没有了生老病死；古城把这些都抽走了，就如一个人剥离了他的血肉，剩下几根骨架，又算什么？来来去去的游客，已成古城里的三天两头变换的居民，丽江仿佛天天都在透析。

丽江原是一个清静的小城，人们享受着安详，可是现在却成天喧闹不堪；丽江原是一个纯洁的地方，纳西人对爱情忠贞，现在却成了艳遇之地。丽江人最讲究居住的舒适，现在却将自家的房屋悉数租赁而出，听任它们变成客栈，变成店铺，变成酒吧，变成茶室，变成歌厅，变成餐馆。丽江人最喜欢悠闲的生活方式，喜欢从容的生活，现在却满街都是忙碌之人，忙忙碌碌的店家，匆匆来去的过客。他说，这样的古城哪里会是我们的……

原始古龙的声音有一种淡淡的哀愁。他说玉龙雪山到处都是垃圾，冰川也在融化，于是，心里便有一种被掠夺的感觉，就仿佛自己被人赶出了自己的家园。

而来到这里的人却并不爱惜他们占领的这个地方。

小梅原来也是住在古城里的，小梅在旁边轻声地说，是呀，是呀，我们现在很少到古城来，没有认识的人了，倒是新城不时遇上个熟人，反而更像自己的家。之前，我和小梅在路边小摊吃过丽江的特产——鸡豆凉粉。小梅说，那个做凉粉的是纳西老妇人。我想，这或许就是她的一种坚守方式。

原始古龙说，丽江这地方，适合人们在此静静地度假，而不适合匆忙的旅游。人数不能一天来这么多，应该控制人流量。还有玉龙雪山，那是神山，不能这么糟蹋。他不久将会去电视台做一个呼吁保护玉龙雪山的节目，他约小梅一起去谈。小梅立即表态说，我愿意，这是我愿意谈的话题。

两个丽江古城的原住民，便在这温暖炉火的烘烤中，谈着家园，谈着坚守。雨依然下着，天却已经昏黑。

唉，我常常会有一种宿命感，觉得我们所经历的过程是一件没有办法的事情。如果没有旅游，丽江藏在深山人不知，那么它会是什么样子？那样就更好吗？现在有了旅游，人们蜂拥而至，丽江在传说中有如天堂，人人都想亲眼一睹，丽江变得热闹了，有现代生活气息了，丽江人不觉得自己身处偏远小地方了，房地产也热了，文化生活也多了，丽江人的眼界更是开阔得甚于西北一些大城。然而，慢慢地，丽江又成了他们以及我们不愿意看到的样子，只是，这是不是比没人发现更好一些？

突然就想起了艾略特的那些让我怦然心动的诗句：

在那些时刻，我对我的灵魂说，静下来，不怀希望地等待，
因为希望也会是对于错误事物的希望；不带爱情地等待，
因为爱情也会是对错了事物的爱情，还有信仰，
但信仰、希望和爱情都是在等待之中。
不加思想地等待，因为你没准备好怎样思想：
所以黑暗将是光明，静止将是舞蹈。

还有我始终都记得住的：在我的开始是我的结束。在我的结束是我的开始。

丽江现在是回不去了。它的名声既已传播出去，它就再也成不了原来的模样。它根本无法安静下来，根本无法朴素起来，也根本无法单纯起来，它无法重新聚集已经四散开的居民，也无法还原昔日那种悠然自得的生活。古诗里小桥流水人家的场

景让我们何等憧憬，而丽江，它的小桥流水会依然如故，但它的人家却永远也回不到原地。

只是，你的心是静的，你看到的丽江就是静的，你的心是素的，丽江在你眼里就是素的，你的心是洁的，丽江就依然纯洁无比。两个小和尚见风吹旗动，便讨论着是风动还是旗动。慧能说，是你们的心动。丽江大约也只好用慧能的方式来看了。

在依然如注的雨中离开丽江。下次再来时，这个地方可能已不再有原始古龙，他说他也将转租出去，隔壁人家前两天已经搬走了。

坚守不是件容易的事。要不要坚守，拿这个主意，我想都不太容易。黄昏中，我和小梅重新走进丽江的雨巷。这时候的小巷里，花草比行人多，很雅，很美，很静，很深，很冷，很湿，很幽，很绿，很闲，很酷。

无论如何，丽江都还是一个好地方，值得在那里住下来，慢慢地品味，慢慢地欣赏。

（注：从丽江回来，我在新浪的博客上连续三天写了关于丽江的所见所闻，有很多网友也写了跟帖。大家最共同的想法便是：我们热爱丽江，所以我们更要保护丽江。）

恩怨情仇之越南

一、歌声记忆中的越南

对于我们这一代人来说，越南就是我们最熟悉的国家了。关于越南的歌不知道唱过多少。少年时代，我对越南历史的了解，几乎都是来自那些流传的歌曲。

有一首歌特别好听，是我少年时代极喜欢唱的，歌名已经忘记，但旋律还记得。歌词大概是：太阳下山了，那安静的钟声轻轻地响。槟榔树和绿竹影斜照在小船上。但是我的家乡啊呀，法寇把它全烧光，尸骨如山血成河，田园多凄凉。其内容是指法国人殖民越南时的状况。

法国人于1885年殖民越南（看过杜拉斯小说的人都会记得她描绘的湄公河），1945年在越的法军被日本人解除武装。其间，越南宣布过独立。二战结束后，法国人卷土重来，由此爆发了第一次印度支那战争。越南人在1954年打了著名的奠边府战役，将法国人赶出了越南。但越南却因了这次战争，以北纬十七度为分界线，分为了南北两方。北方由我们熟悉的越共领袖胡志明领导。那时候我们都称胡志明为“胡伯伯”。

还有一首歌，也是我们这代人熟悉的。歌词是：“眼望着北方的天，北方的天空阳光灿烂。啊，盼呀盼，红日快快照遍全越南。为什么贤良江劈成两半？为什么，夫妻姐妹常离散？啊——，是美国强盗，撕碎我好江山，是美国强盗，侵犯我越南。赶走它消灭它，祖国要统一，亲人要团圆。”这是针对越战而唱的歌。

1965 年到 1975 年，美国侵略越南，导致越南战争十年，百姓饱受磨难，及至 1975 年签订停战协议，美军撤退，也算是败北吧，才告结束。1976 年 7 月，越南南北统一。20 世纪 70 年代，收音机差不多天天都要播放这支歌：“越南中国，山连山江连江，共临东海，我们友谊像朝阳。共饮一江水，朝相见，晚相望，清晨共听雄鸡高唱。啊，共理想，心相连，胜利的路上红旗飘扬。啊，我们高呼万岁，胡志明，毛泽东。”很豪迈的一个合唱。

小学时，我在学校火炬艺术团舞蹈队里，跳过一个名为《削尖桩》的舞蹈，说的是越南人将竹子削成尖桩，步下陷阱，美国兵摸过来时，掉进陷阱被尖桩扎死的事。艺术团还有一个名为《全世界无产者联合起来》的大型舞蹈，我在里面被化装成越南人。

要说起来，时代用歌声在我们的人生经历中打上了许多烙印，越南就是相当深刻的那一个。

二、住在你隔壁也是没办法的事

当飞机朝着河内飞行时，这些旧事，想都没有去想，突然之间，都自己涌了出来。相距业已遥远的旋律和歌词，几十年没有触碰，一入越南，仿佛邀约一起，蓦然就在心头展开。

当然，记忆犹新的还有 1979 年中越两国暴打的那一仗。

要说越南这个民族也够狠够硬。它因国小，屡遭侵犯，却不因国小而有所示弱。它面对的来者，尽是大国。打来打去，最后的胜利者，还尽是它。别说远地的法国和美国败走越南，就是隔壁的中国，历史上的征越战，掐指算算，也是败多胜少。

越南人对英雄极其尊敬和崇拜，街头上立着许多英雄的塑像。有一天，我见街心一雕塑十分伟岸，忙问我国驻越南使馆的文化官员这是谁。他告诉我说，是越南英雄陈国峻。陈国峻曾三度统军打败中国元代侵略者，是越南人历史上的“天才将领”。越南的英雄，许多都是因抗击中国侵略者而暴得大名。查查史书，一千多年来，中国人还真欺负人家越南不少回。

唉，说来也是，把越南放到欧洲，怎么量尺寸，也算个大国，可它却偏偏与中国做了近邻。中国太大，从版图上看，跟压在越南头上的一块巨石似的，越南人想要畅快地吐口气，看上去都不是件容易的事。从汉武帝第一次占领越南起，每一个朝代，越南人差不多都要跟中国人打打仗。这越南人也是犟得厉害，被中国占领也好，欺负也好，亲善也好，渗透也好，就是不服你的“周”（汉口方言）。你中国的文化比我强，你中国的生活比我文明，好，我接受，我学习，我拿来为我所用，我把自己变成南部半岛最开化的民族。但我还是我，穿越南服，过越南节，持越南心，绝不被你汉化，也绝不做你的附庸。不管多少年，越南人这套坚持始终不变。这种狠气犟劲，中国人还真拿它没辙。话说回来，一个小国，不靠这种狠而犟、硬而韧的劲道，在这残酷的世界，又怎么能存活得下来？

这么想着，还真是佩服越南人。

其实中国人也没错啦。大国有大国的风范，大国有大国的派头，大国有大国的傲慢，这是没办法的事。中国再怎么表示谦逊，没用的。面对小国，那种老大的骄傲和自豪，挡都挡不住。这跟一个大人物隔壁住着个小人物一样，让你沾许多光，但经常不会放你在眼里。你小孩子上不了大学，你买不到紧俏商品，你受了别人的气，我顺便帮帮你也是常事；可是我烦的时候，白你两眼，我忙得厉害，懒得搭理你，若跟老婆吵了架，怄气出门，偏你就在门边上，信手拍你几掌，不也是常事？大人物嘛，猖狂总是有点，在小人物面前经常是不控制自己的。所以越南，除了隐忍，并在隐忍中坚持自己，也没其他事好做。叫板、动武、来粗的，那是发傻。扔个广西过去，也把你砸得个眉眼不全——虽然你是不死鸟，可你也飞不起来，活不舒心。——啊，这一段算是瞎扯。

不管怎么说，越南人面对中国人，客气是客气，心情却十分复杂。

三、你们怎么看陈英雄？

从北京到越南大概用了近四小时，抵达河内时已是晚上七点多钟。我们住在 HORISON 酒店，似是五星级，但与国内的五星比，还是不如。现在出国，觉得国内的酒店比哪里都豪华，四星酒店比国外一些五星酒店都强许多，到俄罗斯也是这感觉。只是这家酒店我现在连半点印象都没有，因为只住了一夜，第二天便打起行李走人了。

访问总是从做正经事开始，所以第一天的正经事即是去越南文化新闻部座谈。虽然是一国家部级单位，办公楼却很简朴，比之我们一些县委大楼要简朴得多。跟酒店一样，走到哪里，政府办公大楼最豪华的也是中国，给我的印象是：中国官方花纳税人的钱最不心疼——糟糕，我们的出访费用，要说也是纳税人的钱，赶紧闭嘴。

会谈很正式，越南各方领导都到了场，文学的、美术的、摄影的、音乐的、电影的等等，中越双方的思路真是太相近了，对话几无障碍。我曾经很喜欢越南导演陈英雄的电影，他向我们展示的越南百姓的生活，有风情有韵致有味道，很开眼界，于是我向越南人提了这方面的问题。

估计陈英雄在越南也是敏感人物，对于敏感人物，官方都有自己的招数，这也很像中国。第一次提问后，对方王顾左右而言他，没有明确答复。同行的黄蓓佳也是陈英雄电影的爱好者，于是她又提了一次，对方似乎还是语焉不详。我们使馆的文化官员暗中给我递话，鼓动我再问，因为中国也想知道他们到底对陈英雄如何看。于是我又正式问了一次，问题是两个：第一，陈英雄的电影在越南的市场如何，民间对他的电影有什么看法？第二，对于青年作家，如有官方认为犯忌的作品，是否会限制和查封？这回越南官员绕不过去了，只好正面回答。他说了几点，大概是：1. 陈英雄的电影在越南属于非主流电影；2. 在民间受欢迎程度不高，因为他的片子在越南只放了两部，看到的人并不多；3. 评价他的电影为时过早，至少要看他七八部片子才能谈；4. 陈英雄长期旅居海外，是外国公司为之投资，经济效益如何，不很清楚；5. 陈英雄是一个有着自己独特风格的导演。——我对他们官员的如此回答还算满意，他至少是客观诚恳的，而且在某种程度上也给予认同。换作同样情况，恐怕我们的官员们还说不到这个份上。

对于我的第二个问题，他的回答是：1. 青年作家的创作在越南非常自由；2. 作家们揭露社会阴暗面的作品也非常受欢迎；3. 但是受西方思想太深，在某些地方过了线（语焉不详），也还是会限制。——这就是典型的官方语气了，跟咱们通常的说法比较接近。

最有趣的是越南主持会的领导（似是一副部长），座谈了一会儿，便起身说，对不起，我在什么什么地方还有一个会要开。当场就令我笑倒——这做派简直跟中国官员一模一样了。出来后说起这事，代表团的人也都笑倒。

中午，越南文化通讯部副部长招待越南餐，我觉得还不错。以前一个人在美国转悠时，不想吃美国饭，又一时没找到中餐馆，就专门跑去越南餐馆吃过一次。那个不好吃啊，跟美国饭也差不了多少。吃时直发牢骚，说这哪像是受过中国文化熏陶的菜啊！除了咸味一样，没一点相同。但这回吃罢，感觉还不错，彻底改变了我对越南菜的印象。当然，比起中国菜，还差得许多。

四、烙满着中国印迹的文庙

在河内我们参观了胡志明故居和文庙。后来在西贡我们还参观了一个胡志明纪念馆，所以关于胡志明的话题，我下次再谈，这次就说文庙。

文庙在河内一条并不僻静的街上，它有五进院落，庭院很大，多少有点出乎我的意料。里面古木参天，绿荫蓊郁，大小建筑的布局，很是疏朗对称，不似一些庙宇，大殿小堂挤得厉害，整个院落古香古色，满是中国气息，令人精神一爽，仿佛到了一个陌生的地方，却遇到自己一个熟悉不过的朋友。

越南的文庙，始建于越南李王朝朝代，大概是在1070年间，这时中国是北宋时代，它被导游称为越南最早的大学。1259年，陈王朝的时候，改国子监为国学院，专门用以培养王公贵族子女以及国中优秀人物。到了黎王朝时，又改国学院为太学堂，它一直是越南的最高学府。这么算下来，说它是世界上最古老的大学之一也过得去。

据说每进一院，都有讲究。进大门，必须下马；进二门，须有好品德好才学（现在是买好票）；进三门——通过奎文阁——必须在文学上有杰出成就。第三庭院最值得一看，那里有越南的进士碑林。这个碑林建立于1484年到1780年，共82块。这三百年间，越南所有进士的姓名和籍贯都记录在乌龟背上的石碑中。

据说越南从李王朝开始，录用官吏的办法，就是让学子们到中国赶考，参加中国的科举考试，考上的回来就做官。越南民间鼓励孩子读书，就会说这样的话："金榜石碑，千秋永存。"唉，"万般皆下品，唯有读书高"，在这一点上，越南人显然中毒不浅。直到现在，越南的学生参加高考之前，还要到这里来拜祭一下龟背上的先贤们。

第四门必须参拜孔子。第四门的圣贤院里供奉着中国的孔子。供奉孔子的大殿也叫正殿，正殿有着与中国古建筑相同的硕大而沉重的屋顶，四只飞翘而起的屋角，化解了这种沉重以及由这种沉重带来的压抑，让整幢房子一下子变得生动和轻盈起来。中国文人曾形容如此建筑说“如鸟斯革，如斯飞”，意思是像鸟一样展开着翅膀，意欲飞翔。但越南人很自豪地说，这是最富越南特色的建筑。是这样呀！那就这么着吧，咱们不争。

孔子在越南人想象中居然这么胖，让我小讶了一下。我脑子中的孔子是很瘦很瘦的，成天求爷爷告奶奶地东奔西跑，没吃没喝的，怎么胖得起来？据说这尊孔子木雕像是 19 世纪末的作品，而他坐的那张雕花漆椅，却是 15 世纪保留下来的。也不容易！

拜完这里后，导游说现在可以进第五门——国子监，这是越南以往的学堂。国子监里供奉着越南的一代鸿儒朱文安，他是国子监首任“校长”。导游说，这里的教室和宿舍都很齐全。

中国从秦始皇时代开始对越南产生影响，到汉武帝时代，征服越南，并将之变为交趾国后，汉文化更是全面而深入渗透到越南人的骨髓。正是在汉文化的培育和滋润下，生活在神话里的越南才渐渐变为南部半岛上最开化最文明的民族。历史过去了上千年，越南就算对中国再怎么不服，或者说再怎么有恨，却也无法摆脱这种文化的烙印。这就叫无可奈何。

想想，也真就是个无可奈何。

五、他们把政治当成演出了

到越南的人多会去下龙湾逛一趟，这个地方被誉为“海上桂林”。去的人多了，照片也见得多了，所以，身临其境后，却也没有引起我更大的惊喜。

或许是因为我在桂林是以徒步的方式看到的漓江风景，那么开阔那么生动那么充满人间气息，引步即换景。而这下龙湾，不过是坐船绕了一圈，风景在眼里，只是角度转换，其他却都差不太多。这就少了一种过瘾的感觉。

离开下龙湾直奔机场，当晚即到西贡——现在叫胡志明市，一个城市这么个叫法真觉得别扭。想到西贡二字，想象的空间无限，甚至富有诗意，而胡志明三字立即将它变成了政治概念。可能我们现在已经脱离了个人崇拜时期，不太习惯这样的称谓。

在路上，听介绍说，越南长期分成南北两方，现在虽然统一了，但人们内心的界线还不那么容易消除。南方生活比北方富裕，南方的教育也比北方先进，因而南方人多少有点瞧不太起北方人。领着我们观光的导游话语之间也明显流露这种情绪。还有就是，北方以往是越共的天下，长期得到中共的支持，却因为 1979 年那一仗打得，及至现在，仍对中国人抱有敌意，而南方过去跟中国人接触比较少，反倒对中国人相对友好。

越南经过这些年的改革，据说比较得老百姓人心，百姓对政府的满意度也很高。但我想，越南人因长年打仗，对生活的要求相对也低，只要没有战争，能够安静平和地生活，大概也就满足了。越南的治安状况也不错，据他们自己说是世界和谐程度排名最前的国家之一。

从市面上看，越南人的生活水准不是很高，状态有点像中国的 80 年代初——当然，也有富豪。越南街上的小车比俄罗斯的强百倍，满街小车大多是中国现在流行的中高档车，那种家用便宜的小车倒不是太多。改革初期，暴富的人群哪国都有。

倒是越南满街飞奔的摩托令人恐惧。行进着的和停在路边的，都多得惊人，我这辈子还从来没见过这么多摩托同时在街上奔跑。那声音轰隆隆的，很容易让人产生心惊肉跳感。在西贡，想找一条安静的街路散步，估计难度很大。

不过，越南的政治听说起来倒是十分有趣。政治斗争从来都残酷不过，这是哪种国家哪类体制都躲不过去的事。我一直以为，这种斗争就是“我活你死”的斗争，却不料到越南才知道，还有一种斗争是“我活你也活”的。越南人政治较量过后，胜利的一方往往晚上会去找失败的一方一起出去喝酒，然后通报说，斗争到此为止，大家不必再继续计较。此后，见了面，彼此还称兄道弟，这就有点好玩了。有时候我们看台湾人开会，觉得他们把政治当游戏，打来闹去，很有看头。现在突然发现越南人的更好看，他们把政治当成演出，演完了，回到家，大家一起喝喝酒唱唱歌，就算完事。真个是“你方唱罢我登场”的派头，好优雅。

越南人相互间以家人的方式相处，见到领导也不叫“书记”“主席”以及“市长”什么的，都是叫“阮哥”“陈哥”“黎姐”之类。看大门的叫他们的党书记也是这么个叫法。据说跑到中国来访问，中国官员听到这帮越南人不管职务高低，清一色呼哥唤姐的，直听得发傻。

当初他们管胡志明就一直叫胡伯伯，连带着我们小时候也都是这么个叫法。

六、胡志明纪念馆无关中国

在越南，胡志明的地位至高无上，每一个人，无论南方北方，提到胡志明，眼里都充满无比敬意。年轻的人可能对胡志明一点也不了解，但我们这个时代过来的人，没有不知道胡志明的。因他与中共的关系最密切，是所有中共高层领导的好朋友（我小时候的印象）。

胡志明出生在越南中部，原来叫阮必成。二十岁出头时，他跑到法国一个轮船上当厨师助理，从此离开他的祖国，在海外漂泊并成为一个革命者，参加革命后阮必成改名为阮爱国。1919 年，凡尔赛和平会议间，他代表法国的越南爱国者，向各国代表递交了一份备忘录，提出了各民族权利的八项要求，并要求法国政府承认越南民族的自由、民主、平等和自决权。1924 年，他化名李瑞来到中国，从此跟中国的革命者结下深厚友谊。二战中，他以胡光这个名字在桂林一带活动，之后，又化名胡志明。再后来，他在广西被捕，坐了十三个月的牢，直到二战结束，才被放出来。回到越南后，他领导举行了越南的全国总起义，从此成为越南第一号领导人。在他的领导下，越南成为一个独立的国家，胡志明在越南头把交椅上一直坐到他去世为止。

胡志明的中国话说得很好（其父是个汉学家），越南长年得到中国人的支持，我想这跟胡志明与中国领导人的私交深厚有着密切关系。记得我以前为写庐山的书而去那里采访时，庐山上的人指着一幢小楼说，当年胡志明就是在这栋楼里休养。那栋楼还挂着一个匾，上面是胡志明的题字“庐山好”。可见对于胡志明来说，中国不仅是他的大后方，简直就跟是他的亲戚家一样。

胡志明在越南没有妻室，也没有子女，有说他终生未婚。但几年前我看过一篇文章，说他当年化名李瑞，在广州曾与一名叫曾雪明的护士结婚，因为革命缘故，两人失散，从此天各一方。直到中国解放，曾雪明在报上见到胡志明照片，才发现越南的领导人胡志明竟是自己的丈夫李瑞。此后，她通过各种渠道多方联系，终未成功。胡志明为何不寻找他的妻子，其中原因，无人能知。

我相信这件事的真实性，因为写这文章的人是武汉一个著名的书法家，曾雪明是他的姑婆。“文革”中，曾雪明因这件事反复被调查，后来蔡畅等人出来证明，才没将她怎么样。像胡志明此后未曾再娶一样，曾雪明一生也未再嫁。这个女人守着胡志明的信和照片，孤独地活到八十多岁。唉，怎么想也是个让人肝肠寸断的故事。有时候觉得，女人嫁人一定不要嫁一个把自己事业看得重于一切的男人，因为这样的人，往往太过薄情，或许，他是“人在江湖，身不由己”，又或许于大众于他的事业，他喜爱演一则喜剧；但无论怎样，于他身边的这个女子，却经常就排演成一出双泪长流并且一直流泪到死的悲剧，像曾雪明。——又扯远了。

我们在河内参观了胡志明故居——真的是一个极其简朴的小屋。他的对门住着当年我们也十分熟悉的越南领导人范文同。范的小楼比胡的平房气派多了。

在西贡，我们还参观了“胡志明纪念馆”。纪念馆在西贡河边，里面有许多胡志明的照片和与他相关的实物。年轻时候的胡志明长得很帅，像那个电影明星陈坤，这让我有点意外，我印象中的胡志明一直就是那个留着山羊胡子的小老头。

但最意外的还不是这个，而是这里介绍胡志明从生到死的全过程中，什么都有，就是只字未提中国对他的帮助。甚至他去世，挂出了世界各国领导人参加丧礼的照片，却没有中国领导人的。而那一年，中国是周恩来总理亲自率领着一个层次很高的团队前去吊唁的，周恩来总理跟他的私交也是很深的啊。

我们真是替中国不服啊。于是问导游，导游是一个小姑娘，当然说不出个所以然。晚上中国驻胡志明市总领事招待吃饭时，我们又提出这一疑问，总领事似乎也不知这里面的情况。

这世上，人的情感总是比事件本身复杂得多，估计胡志明也想不到他的纪念馆与中国无关。

不服也没有办法，这就是越南。

我行我素之印度

一、进入印度有如进入人的森林

中午，乘 TG681 次航班离开西贡飞赴曼谷。曼谷机场是一个巨大的中转站，亚洲大多国际航班都得在这里转机，然后再继续往前走。到印度如此，到埃及也是如此。

曼谷国际机场庞大而复杂，幸亏我不需动脑子，只需要跟着自己人走就行。但跟着跟着也会出现问题，因为对曼谷机场玻璃外复杂无比的钢结构产生兴趣，我情不自禁站下来拍了几张照片，结果便与大队人马走失。四处找寻不见，只好用手机发短信给黄蓓佳，询问他们在哪里，而这时领导们也才发现我居然被丢失，于是指明方向。还好，脱离组织不过十几分钟，很快就归队。

晚上抵达印度的新德里。印度是世界上人口数量仅次于中国的国家，现已有了十亿人，但它的面积却比中国小得多。有本书上说，进入印度，就等于进入了人的森林，听起来很吓人，可是一出机场你便能感觉真是名不虚传。密密麻麻到处是人是车，墙根靠的，地上躺的，没事闲逛的，疾步穿行的，混乱而无次序，想避都避不开。在使馆杨参赞的率领下，我们一路吆喝着穿越人海，总算顺利上了车。坐在车上，看到从机场走出几个一身白袍的印度人，行动优雅，风度翩然，模样很酷，像极了泰戈尔。一望而知是婆罗门人——印度的贵族，泰戈尔也是婆罗门人，对于印度，我们最熟悉的人莫过于泰戈尔。他是我见过的长得最有型的诗人，自从见到他之后，觉得诗人最应该长成他这个样子，凸凹有致，鹤发长髯，双眼炯炯发光，诗情诗意全从眼睛里放射出来。可惜，泰戈尔只有一个。

印度这个国家，等级森严得说起来都让人紧张。他们按社会分工把人分为四大种姓，最上等人是负责祭祀的婆罗门人，其次是属于武士阶层的刹帝利人，第三等级的是从商的吠舍人，第四等级的首陀罗便只能从事卑微的工作。在此四种人外，还有一种人是贱民。在印度，贱民是世代相传的，他们只能做最低贱的事情，他们无权受教育，遇上比他们等级高的人，他们须避让，他连你的影子都不能碰着。你若想跟他握手，他也是不敢的。贱民的女儿假若想攀高枝改变命运，那是做梦，因为她若找了高等级的人结婚，那个男人只能降为贱民。——从这点上看，印度真有点可怕——尤其你不幸出生在贱民家的话。

马克思说“印度人没有历史”，大概意思是指印度人基本不用文字记载自己的历史。印度人身上那种对大小事都一副无所谓的架势，那种漫不经心的气质真很了得。现在人们所能查到的资料，大多来自外来侵略者的记录。我们的唐僧西游了一趟印度，也替印度人记录了不少当年，否则印度的这一段历史想必也是空白。唉，说来印度也不幸，这个国家长时期都处于分裂状态，估计它的历史也是不太好写。

缺少历史的印度有无数的神话，这些虚渺的神话跟真实的历史混杂在一起，经常让人恍惚，不知何为神话何为史实。印度的神有成千上万个，多得根本没办法让人记得住。这些神出没在印度各式各样的宗教仪式和经典读本中，他们笼罩在印度的上空，给予印度人战胜一切（包括强大的全世界人都抵挡不了的物质欲望）的力量——这种力量比一个巨人身体的力量要大得多。

如果说到神，这话题太长，就不说了。

这天我们到酒店时已经是半夜，在酒店的大堂坐了近一小时，才被安排到房间——印度人的动作慢呀，像电影里的慢镜头似的。酒店的名字叫“阿育王”，阿育王是古代印度孔雀王朝的一个伟大的国王。我曾经在家里看过一部专门写他的电影《阿育王》，所以看到酒店，心里便有些亲切，觉得好像住到熟人家里似的。

二、我行我素之印度

出国前已经听说许多关于印度的事。印度在国内的描述中比较可怕，比方印度流行登革热，比方印度街头的东西绝对不能吃。印度没有公厕，出门一定要在酒店里解决所有出恭事宜。还有，印度人随地大小便，尤其大便过后揩屁股不用纸，只是用左手一抹，再用水冲冲左手就完事——这一条让我牢牢记住了：跟印度人打交道，绝对不能碰他的左手。

在印度，至少是很容易看到印度人随地撒尿的，坐大客车穿行在印度的马路上，我都看到过好几回。有一个段子说，当年印度总理尼赫鲁来中国访问，他硬是不相信中国人不在街上大小便，表示一定要找到一个。结果他跑了许多城市，却真的连一个都没见到。最后上飞机走人了，飞机在机场绕行时，他终于发现一个人站在机场的墙根处撒尿。尼赫鲁高兴地叫了起来：我终于发现了一个！等他刚叫完，那人转过身，尼赫鲁却发现这个随地撒尿的人正是他印度驻中国的大使。这个段子是我国驻印度的孙玉玺大使请我们吃饭时讲的，当即让我们笑喷。

虽然这么着笑印度，但印度的文化和他们对生活的态度却十分令我景仰。印度人喜欢说，我们不靠武力去征服世界，而是靠我们的思想和我们的精神征服世界。这话说得真好。印度人性情温和，诸事能忍而不争，这与他们的宗教信仰不无关系。所以，“非暴力”这样的概念，只会由印度人提出。这是我很喜欢的一个提法。印度的圣雄甘地也是我最崇拜的人之一，关于甘地，我后面会专门为他写一篇。

印度穷，印度脏，印度乱，差不多全世界去过印度的人都会这么说。但印度人无所谓，印度人从来就我行我素。比方乞讨，在中国已是很丢人了，但在印度，却不过是一种生活方式而已，也没什么人轻视他们。印度的耆那教，常常会有人抛下万贯家财，净身出门行乞，以此加强内心的修炼，他们甚至是印度人非常尊敬的乞丐。

印度人知道，他们的理想与这些外来者们完全不同，他们人生观也与全世界不相同。他们不为现世而活，现世只是他们人生的一个过渡，世界也只是一个虚幻的场景。既如此，脏乱也好，贫穷也好，散漫也好，那又有什么关系？印度人的精神里有他终级一生崇尚和追寻的东西：那就是来世。他们现在最紧要的就是在这个混乱的过渡中，修炼自己的内心——以一种克己的苦行僧的方式，世俗的物质生活与纯粹的精神追求相比，那是何等而下的东西，为印度人所不屑。

正因为印度人有着与全世界人不相同的终极目标，所以他们不为强大的物欲所动摇，不为世人讥讽的目光所动摇。他们始终按自己的生活方式过，按自己的行动轨迹走，按自己的内心需求来面对自己的人生。于是，它的文化呈现出完全不同的风采，那是独属于印度人的风采。

这次的印度之行，对我的人生对我的世界观会产生一些影响。因为我从印度人身上明白：人生的向往不一定就是富足的生活，清贫也是一种追求；人的目光也不一定非要追随强大者，收回来看看自己的内心，也是一种境界。

泰戈尔临死前，要求人们在他的葬礼上唱颂他自己写的这首诗。

自由的付与者，你的饶恕，你的仁慈，
在这永远的旅程上将要是无尽的财富。
让尘世的牵累消灭吧，
让广大的宇宙把他抱在臂间，
让他在无畏的心中，
认识到这伟大的无名作者吧。

——泰戈尔

三、夕照中的古特伯高塔

到印度一定要去看古特伯高塔。它在新德里南郊 15 公里处，是印度的七大奇迹之一，始建于 1193 年，修建它的人是印度奴隶王朝第一代国王古特伯·艾巴克。

12 世纪，穆斯林土耳其人穆罕默德与当时的印度王朝在这一带打了一场大仗并获得胜利。这个土耳其人大概对印度兴趣不大，他顺手把这里交给手下一个名叫古特伯·艾巴克的将军，然后掉头向西，一直打到里海，在那里建立了一个帝国。

古特伯·艾巴克是个阿富汗人，他先在这里当总督，当了几年觉得不过瘾，就干脆让自己当起了苏丹。要说这家伙胆子也够大，虽说当了将军，但他原本不过是土耳其苏丹的一个奴隶。一个奴隶居然在印度建朝称王，用网语说，这可真有点“尼亚加拉瀑布汗”（意指汗水像瀑布一样大）。更有意思的是，因为他的奴隶身份，历史便将印度的这个王朝称为“奴隶王朝”，这也是伊斯兰教首次在印度立足。

古特伯高塔是用来纪念穆斯林战胜最后一个印度王而修建，所以它又叫“胜利塔”，它是印度境内第一座有着伊斯兰风格的标志性建筑物。高塔一共五层，用印度特有的赤砂岩为材料，塔身布满古老的阿拉伯文的《古兰经》经文以及花纹图案。阳光照耀时，通体发红，不是那种显富贵的红色，而是泛着一层暗红的亚光，沉着庄重而素朴雅致。不过奴隶国王在这座胜利塔远未修好时便一命呜呼，后来他的女婿又接着修，及至完工，已经是 14 世纪了。

古特伯高塔原高 100 米，最上两层不断被损坏（甚至有飞机撞上去过），后来英国人改用大理石修复，便成了现在这个样子。现在的高度只有 75.56 米，塔内有台阶 379 级，踏着它们可直登塔顶。但因出过事故，我们去时，已经不让进入塔内了。在高塔的一旁，还修建有印度最早的伊斯兰清真寺，伊斯兰进入印度，大概便是由此开始。只是岁月绵邈，风霜无敌，那古老的清真寺而今只剩下一些残柱颓墙。

因为以前从未接触过印度的建筑，以为和中国那些佛塔大同小异，没料到，看过之后，大呼意外。比较起来，中国的塔们就太过朴素和简单了。印度的寺庙和塔几乎由雕塑堆砌而成（可惜最精彩的我们没看到，看来还得再去一次印度），密密麻麻得让人觉得印度的石头跟面团一样柔软。这里的清真寺直接搬用了印度教古老建筑的风格，专家们便说它们（包括高塔）是印度教文化和伊斯兰文化相互融合的产物。

在清真寺的中庭里，置放着一根大约有七米高的铁柱子，这根铁柱建造于公元 4 世纪。因为制造铁柱的铁纯度接近百分之百，所以历经千年也未曾生锈，以至人们怀疑它是否是外星文明带来的东西。

其实古老的印度人喜欢柱子。这种柱子，纯纪念性独立地站在那里，并不承担支撑什么的义务，有一点纯形式的意味。我到埃及后，发现埃及人比之印度人喜欢立柱子，更是有过之而无不及。古埃及时就一天到晚在神庙立柱子，以至那些神庙一眼望去，尽是大石柱。想必印度人喜欢柱子也是从那边学来——是波斯人带进印度吧？

古特伯高塔整个这一大片都给我极深的印象和极好的感觉，可以说我特别喜欢这里，喜欢这种氛围。我想真正调动起我对印度文化的热情以及对印度认识的渴望，大概正是从这儿起始。尤其我们去的时候，恰是下午，太阳已快落山，夕照抹在这些废弃的墙垣和古老的高塔上。一想起多少年多少代，太阳都一直这么照耀着它们，然后再落下山去，现在，这样的场景，竟然被我亲眼所见，让人感情上多少蓦地就有一种冲动。然后就特别想什么也不想地呆坐在那里，一直看着太阳下山到底。——自己笑自己怎么也“小资”起来了。

可惜没有时间了，我在那里停留得已经够久，待我被人找到，有如押解回到汽车上，方才知道，大家已经等我有半个小时了——惭愧。

四、印度的上海：孟买

我们在印度的第二站是去西印度的孟买。

孟买在印度的地位相当于中国的上海，它濒临大海，是一个豪华的大都市。孟买人常常会自豪地说，你们上海再过几年可以赶上我们孟买吗？等我们跑去一看，忍不住笑。别说上海，它连长沙南昌这样的中等城市都不如——至少从城市建设上看。从机场到市中心的路上，贫民窟密密麻麻，一眼望不到边。那些所谓的窟，不过是搭着张又破又脏的塑料布而已，比我们可怜的民工居住的工棚破烂十倍不止。当然印度政府也曾经尝试过强行拆除这些贫民窟，但当地贫民们起来游行示威（因为拆了这些地方，他们连这样破烂的住地都没有）。新闻传媒也一律站在弱者一边（这点比国内强），结果政府只有妥协让步。

当然孟买也不是只有贫民窟，它亦有许多漂亮的街道和建筑。毕竟，英国人在印度待得年头长，满街的英式老房子，也给人很异国风情的感觉。

孟买最有名的是海边的印度门，它是为了纪念英王乔治五世夫妇访问印度而建，这是 1911 年的事。这印度门兀地矗立在海边，沉雄壮丽的样子，很有派头。从白天到晚上，这里总是人挤着人，想拍一张人少的照片，也不是件容易的事。

白天看孟买，哪儿都是问题，走到街上，若有老鼠从你脚边闪过，若不小心踢着睡在地上的乞丐，若有乞丐跟在你身后不停地纠缠要钱，你都不要吃惊。还有比较可笑的印度狗。一条路上经常能遇上好几条随意地伸着四肢熟睡的狗，你的脚就是碰到它的鼻子，它也懒得动一下。所以在车上我们曾经好一番讨论印度的狗，问题是：印度的狗能不能看门。讨论半天，最后结论是，不是狗能不能看门的问题，而是要不要请人看狗的问题。因为小偷把狗偷走，狗自己还不一定知道。印度的狗在大马路上从容大睡的感觉，还真让人服气。

夜幕降落，灯火亮起，晚间的孟买也挺好看。有一天我们一起去逛夜市，夜市上最多的是旅游商品。闲逛中，我与清华的 Z 教授同大家走散，发了无数短信都没回音，我们只好自己回酒店。孟买的街上有一种马车，而且是那种高头大马、坐在上面威风八面的马车，它的行驶规则与汽车一样。我们决定过把瘾，坐马车回去。跟马车夫一番交涉，谈定价格，然后上车。驾马车的是两个印度人，不识字，我们住的酒店也算够大，可是他们居然闻所未闻，领着我们在街上乱逛圈子。坐在高头大马的马车上，前后夹着汽车，很有昂首阔步之感。最后，问了好几人，还找了警察，才寻到我们住的酒店，而其实，夜市距我们的酒店并没多远。这一趟逛得真是开心死了。最后下车时，马车夫一定要我们加价，虽然错误是他们犯的，讨价还价了一下，因为高兴，我还是给加了钱。这一趟行程是 520 卢比，大概相当于 11 美元左右吧——按我们在酒店换算的比价。

到孟买，大家都会告诉你，要去看看那里的维多利亚火车站，它是 1887 年为纪念英国女王维多利亚即位五十年而建的。这是座非常宏伟宽大的哥特式建筑，全身布满雕塑，华丽而典雅。因为左右两边太过宽大，很难拍下它整体的面貌。历经一百多年风霜，火车站至今仍在使用之中。

不过，我最喜欢也更愿意向大家推荐的是西印度威尔士亲王博物馆。如果到了孟买，一定得去这个地方，才算不虚此行。这座博物馆因英国王太子威尔士 1905 访问印度并亲自为其动土奠基而命名，1921 年开馆。建筑的风格，既哥特，又印度。馆内收藏有印度无数古老的雕塑以及无数印度精美的工笔画。我特别喜欢那些雕塑作品，那些一两千多年前的作品，居然如此精湛瑰丽，充满灵性。

居然还看到一个中国馆，摆放着中国的瓷器，数量繁多，也非常漂亮。遗憾的是，那天没能拍照，只偷拍了一张，还被管理员盯住，用印度话训了一顿——听不懂，只当他什么没说。

五、电影之都——宝莱坞

对印度，我们还有一个深刻的记忆，那就是印度电影和电影里的唱不完的歌和跳不完的舞。一部《流浪者》真是影响了几代人，“阿巴拉古……”想都不用想是什么意思，到了嘴边就能唱。

印度的电影中心就在孟买，像美国有个好莱坞一样，印度有个宝莱坞。印度是世界上电影产量最高的国家，每年生产的电影有 900—1000 部之多，真够吓人。他们的电影也分级，是为 U、UA、A、S 四级，有专门的审查机构。与我国不同的是，参与审查电影的人为非政府成员，人选从各行各业中选定，顾及有文化和没有文化的人，以及家庭妇女，最后名单由政府决定。审查内容大约也不外乎色情暴力宗教等等，制片人设若对等级审查的结果不满意，可以上诉。所有的电影都是非政府性质，是纯商业行为。印度的政府是小政府，它管不了那么多，顶多是在等级上指导一下而已。

印度的电影绝大部分都能盈利，差别只是利大利小而已。和中国相比，他们的导演压力恐怕要小得多。电影票在 150 卢比左右，相当于人民币约 30 元。看起来比国内的电影票要便宜，但相对于他们的收入，我想这仍然是一个高价——所以我特别怀念当年 2—5 毛钱就能看场电影的时光。当然，他们的电影票价虽高，但观众不少，多半和他们的电视不发达相关。中国人自从家家买了电视机并习惯猫在家里看电视剧之后，自从影碟机普及以及盗版影碟横扫碟店之后，去电影院的人数就以几何级数递减。

去孟买参观印度电影基地宝莱坞是我们的重头节目，人人都对之抱有极大的期待，虽说心知绝对赶不上好莱坞，但它既有这么大名声，想必差得也不会太远，好孬跟中国的横店有得一比吧，是不是？

车到宝莱坞，在大门交涉了一下，即进，路的两边完全没有建筑，满是野草和树林，给人感觉还不错。到了电影基地办公的地方，吓了一跳，四处是垃圾，杂乱而肮脏，跟我们作协食堂背后专门扔垃圾的地方有点像。

宝莱坞的一个办事员接待了我们，他带我们去拍摄现场——就在旁边。恰有一个剧组在那里拍电视剧，大喇叭不停地叫着，一个镜头折腾了许久，我们也就看了这个镜头。以为宝莱坞还有其他地方可看，结果一问，没了。

宝莱坞就是这样。它所有的财富和看点，就是500英亩荒野地，有树林有湖泊有荒原。剧组要来拍摄，就来租场地，自己搭景。拍完后，拆景走人。就这么简单。

就这？我们听得有点傻眼。眼前的、年产近千部电影的宝莱坞，与我们所期待的何止是天渊之别！陪我们前去、并且熟悉印度的孟买领事馆的崔领事倒很从容。他说，这就是印度人的做派，他们就是这样，自己的电影自己搭景，也没必要留着给后面的人，而后面的摄制组，也不需要用你以前的东西。宝莱坞所要做的，就是租给电影剧组一块地皮而已。印度人做事就是这样。——可不是，我们怎么能用自己的思维方式来套人家？

仔细想想，印度的电影简单，故事老套，几十年不变，无非谈情说爱，唱歌跳舞，就完。所以布景也简单，不需要张艺谋陈凯歌似的动辄千万元的豪华大景。反正怎么拍电影都卖得了钱，上座率也不太差，租一片荒地拍片子，也就够了。估计把拍宝莱坞搭建的布景留存下来用以变作旅游项目，印度人想都没想过。

出了宝莱坞，大家都忍不住笑。可以说，宝莱坞是印度给我们的最大一个忽悠。但，这就是宝莱坞：一个一年制作出成百上千部电影的地方。

六、海上的象岛

印度是个古老的国家，但孟买却是个年轻的城市，相对起印度文明的古老来说，孟买实在年轻。所以，在孟买想要看印度古代文明的东西，似乎有点难——除了去威尔士亲王博物馆。博物馆虽然有无数精美的藏品，但那些玻璃柜子却让你找不到半点的现场感。没有现场感的古迹，观者的兴奋多少要打折扣。

这样一来，距孟买 11 公里的象岛就成了必看之地。

象岛是 16 世纪葡萄牙人发现的。他们登陆时，发现一块石头很像大象，所以就把这里叫作了象岛。估计这样的小岛上，真正的大象是一头也没有的。

象岛上有着印度教的七个石窟，大约修建在公元 450—750 年间。印度人将山体活活掏出巨洞，在山洞里建立起自己的寺庙。你走到那洞前，有时就会情不自禁地想，古人真是闲得慌，专门找些难做的事情来做。

我们现在能看到的是两个窟，最壮观的是第一窟，这窟里的主角是湿婆。

印度有数不清的神，多得记不住。能记住的这个湿婆是他的名字简单，还有就是我们这一路走来，听到的神的故事差不多都是在讲他。虽然称婆，却是个男的，有时也半男半女（我们的菩萨好像也有点男女难分的样子）。象岛第一窟也是岛上最大的石窟，里面几乎全是湿婆的各种造像。石窟大厅用着二十根石柱支撑着巨大的山体，柱子上圆下方，很有劲道，进去完全没有坍塌的恐惧——要知道，上面是整座山呀。据说葡萄牙人到岛上后，发现了这个石窟，见这里面凉快，就拿这里当室内靶场——这传闻真有点吓人。

湿婆的雕像都刻在洞内天然砂石的壁面上，每一面都很大，有《舞蹈的湿婆》《永恒的湿婆》《持恒河者》《三面湿婆》等。在诸多的塑像中，湿婆常常呈现出非男非女的状态。

这里面最有名的是《三面湿婆》，这个湿婆有三副面孔，右边面孔代表创造，中间面孔代表护持，左边面孔代表毁灭。湿婆集宇宙的护持神、创造神和毁灭神三位一体。据称是印度乃至世界雕刻的杰作，它的名气不低于印度著名的泰姬陵。

还有一组雕刻是我喜欢的，整个画面的布局和姿态，看上去都很舒服，可惜我没有照全——雕塑太大，光线又暗（洞内呀），站远了是黑的，站近了又包不下来，所以那天拍照拍得很不爽。

石窟里有一个小房间，密室一样，里面供着男性生殖器。印度教自然也是男人为老大。男人为了显示自己有力量有气魄有生命活力能繁衍很多子孙，想不出别的招数，就光会来这手：把自己的生殖器官亮出来，还供着。真真是个毛病。我去看这个“林迦”（印度人管生殖器叫“林迦”）时，不知是什么人，刚撒了一泡尿在旁边（自然是男人干的事），很搞笑。

顺便说一嘴，在印度，还有一个叫卡久拉霍的地方，很大一片，好几个庙群，外观都非常漂亮。庙内布满精美无比的雕塑，几乎全部是神在做爱。各种姿势都有，男女生殖器官都明目张胆地雕塑在墙上，柱子上，甚至有群交图、人畜相交图等，密密麻麻，满墙满柱，比春宫画更大胆露骨。因为是立体的，所以听说亲临现场观看的人，莫不心惊肉跳。但这次我们的路线与卡久拉霍方向不同，所以没有去成。

整个象岛的面积并不大，绿树森森，猴子尤多。走在路上，它们会蓦地冲下来，抢走你手上的饮料，然后跳上树，咬开盖子，当着你的面，得意地喝起来——这一场景，我亲眼见过。

像中国的旅游点一样，整个上岛的路上都是小摊点，摆放着各种旅游纪念品。有些特色，但也没多大意思。我对这些东西兴趣不是太大，所以也没怎么细看。

黄昏之后，象岛就泊在平和的孟买湾里，安详沉静，静得仿佛几无居民。

这石窟早在80年代就已被联合国教科文组织列为世界文化遗产。

七、不放弃自己的东西

很多游客都喜欢拍摄印度的女人，印度女人有一种很特别的美丽，不属于娇艳，也不属于靓丽，那种美丽有点像秋天阳光里一束金黄色的麦穗，散发着温暖和朴素的色泽。可惜我这次出门，数码相机内存太小，一路拍，一路删。原本也拍了不少印度美女，但到埃及后，为了顾及那些壮观的建筑，又都将美女们陆续删掉。唉，换个男人，可能就会宁可不拍金字塔，也要把美女留下。所以，从这点上说，我还是多少有些对不起美女。

与中国人放弃自己民族服装不同的是，大多印度人都喜欢穿自己民族的服装。在欧洲或美国，与中国相比，虽然语言不一样，肤色不一样，但服饰几乎一样，物欲的愿望一样。而在印度，走在街上，你看得到，除去语言和肤色，不同的东西会更多：服装与你是不同的，生活的节奏与你是不同的，生活的目的与你是不同的，对生活的要求也与你是全然不同的——听说印度的公务员一年有两百多天假期。据说一个著名的中国经济学家到印度演讲，开了一句玩笑，说如果你们印度人少过点节，少放点假，就会是世界最强的国家。印度人高兴地拍巴掌拍得手烂。印度人觉得：我印度现在不是世界强国，不是不能，而是不想。——印度人自负吧？我听好些人在形容印度人时，都选用了“自负”这个词。

在印度，没人不知道塔塔集团，这是一个有着一百多年历史的企业。1868 年，一个姓“塔塔”的波斯裔家族在孟买创办了他们的公司，从此以后，“塔塔”的名字，无处不在。孟买最有名的“泰姬马哈酒店”，就是塔塔家族盖的。据说 19 世纪末，已是印度富商的塔塔集团老板跟几个外国朋友去酒店吃饭，结果走到门口，酒店却将他拒之门外，因为这家英国酒店只接待欧洲人，不准印度人入内。如此遭遇，伤透塔塔老板的自尊心。于是他在孟买的海边，修建起一座世界级豪华酒店——泰姬马哈酒店。传说这酒店建成的最初几年，任何国家的客人都可以进来，唯英国人不准入内。

而今，历经百多年的塔塔集团并未年老体衰，而是借助新型产业，比方金融业、电信业、IT 业（印度的 IT 业在世界上是何等著名）等，发展成为世界级跨国公司。所以，有人说，塔塔家族在印度差不多当了一百年的首富。对了，这个塔塔家族是“拜火教”的人。中国人对“拜火教”应该不陌生，金庸小说《倚天屠龙记》里的小昭就是拜火教的圣女。现在的“拜火教”信徒大部分都在印度，他们是印度最富有的少数民族，孟买则是拜火教的中心。——喜欢小昭的人，是不是应该到孟买去瞧瞧？

印度人说，提到塔塔集团，心里就有爱国的感觉。可见塔塔集团在印度的影响力。在印度的街上，常常跑着许多式样很“古董”的汽车。我第一次见到成群结队的它们时，很觉惊讶。后来听说，这就是印度最著名的“大使牌”汽车——塔塔集团的汽车厂生产的。据说它是上世纪50年代的产品，仿的是英国“莫里斯”轿车，车型已有五十年没变，开起来哪里都响，就是喇叭不响。还有人说，印度人喜欢买“大使牌”汽车，因为它安全，而它之所以安全是因为它根本跑不快——当然这是人们嘲笑它的话。

为了保护民族工业，印度政府规定除总统和特殊活动外，印度各级官员只准用“大使牌”车，连总理也不能例外。所以，“大使牌”汽车虽然不咋地，但有政府这个最大的买家，为此，它基本上也不愁销路（而且听说因它的古董式外观，近些年在美国也非常受欢迎。啊，这样说来，像是又一个轮回了）。印度的官员自豪地说，我们的大使牌汽车最适合我们印度的马路——这话怎么听起来都有些搞笑。

印度的大使牌轿车虽然跑不快，但印度的司机开车却极生猛，速度快得让人惊心，我们坐在车上被甩得直晃荡。而且印度的马路上，人多车也多，司机却从不减速，两车相错，常常只间隔几厘米，唰一下就擦肩而过，看得吓死人。最让我们目瞪口呆的是：那些凶猛地往前跑的汽车（包括的士），许多都没有后视镜。不晓得印度的司机是怎么进行左右判断的。

八、伟大的圣雄甘地

头天出发到北京国际机场候机时，时间还早，就去逛书店。在那里，花了八十块钱，买了一本关于印度的旅游书。闲等翻书时，蓦然就看到：圣雄甘地的故居就在孟买。

心一下子就跳得快了起来。甘地是我在这世界上最尊敬也最崇拜的人之一。他为自己的理想所采取的苦行僧的生活方式，以及他拄着竹棍，光着上身，只着一条白裤行走印度的样子，以及他走到哪里就坐在哪里自行其是纺线的行为，以及他对素食的坚守，以及他的禁欲决定，以及他的承受、忍耐但决不屈服的意志力，都让我佩服得不行。他克己，他无私，他宽宏，他仁慈……他是少有的、可以用无数最美好最高尚的词汇堆砌起来形容也不觉得够的人。他用完全不同于其他任何一个国家的方式领导着印度的独立运动。记得爱因斯坦似乎说过这样一句话：我们的后代们，很难想象世界上曾经有过这样一个人。

当然，他对这个世界最重要的贡献，是他的非暴力主张。这世界从来都是以暴制恶，以暴制暴。在这个制恶制暴过程之中，善恶莫变，善恶逆转的事情何其之多。暴力相见时，常常双方都无人道可言，但却从来也没有真正地制下暴来。

甘地却力主放弃暴力手段，主张非暴力思想，用文明的力量来战胜野蛮的暴力。无论这条路多么难走，无论民众是多么难被这文明驯服，无论对手多么低看这股文明的力量，但他都坚定不移地走下去。他一次次号召印度人民，承受、忍耐，但不妥协，他也一次次用绝食来表达自己的决心。他的无私和克己，真是感天动地。

我们的行程中本来没有安排参观甘地故居一项，毕竟甘地已经死去五十八年。眼前越来越暴力的世界或许很难有人记得他这个曾以一己之力对抗整个世界的瘦骨嶙峋的小老头。但我想，我既已到孟买，就一定要去看看我敬仰的这个人曾经生活过的地方，去触一触他的气息，去感一感他的精神。于是我向领导提出这一请求，料想不到，团里人也都想要去参观那里，领事馆的人亦表示支持，这令我大为快意。看来时间虽然过去如此之久，一个真正伟大的人却是会永远被大家记在心里的。

甘地出生在西印度一个古老的家族，13 岁遵父母之命，与两个兄长一道，同日结婚（也为了省钱）。印度有童婚传统，甘地也没能逃出这一命运，倒是有点让我意外。19 岁，甘地在有了儿子的情况下去英国留学。为了这个留学，他向母亲发誓：不食荤，不酗酒。虽然母亲同意他的远行，但他的古老的家族却没有同意，结果他被开除了种姓——印度的贱民才会没有种姓。在英国留学期间，他恪守誓言，坚持吃素，开始是为了守信，后来却是自觉。因为他接触了素食社团，认识到食素并不仅仅是饮食方式，很快他将自己的信用变成了自己的信仰。

留学回国后，他成为一个律师，被派到南非处理官司。在南非期间，一件突然发生的事情，改变了他的一生：他因为是有色人种，在南非火车的一等车厢里，被南非白人无理地扔下了火车——虽然他有车票，而且是律师身份。从此以后，他开始为反对种族歧视而斗争，为印度人在南非的不平等待遇而奔走呼号。

从南非回来后，他成为印度人心目中的英雄。而此时的甘地，脱掉西装，穿上与印度穷人一样的服装，采用印度历史上苦行僧的方式，在印度最贫穷的地方行走。他认为只有穿得像穷人一样，才能真正了解他们，才能真正为他们表达。

甘地是印度教信徒。印度教跟佛教有很多不同，但最根本的一条是不杀生。将其延引到政治运动中，便是不用暴力，对所有事端，都期望用平和并且忍让的方式来解决。当时印度尚处于英国的殖民统治之下，印度人是大英帝国的子民。甘地在领导印度民族独立运动中，在自己的宗教信仰基础上，对印度的独立运动提出“非暴力不合作”的主张，即不采取暴力，但也不与英国人合作。不合作的内容包括很多，如不要殖民政府公职，不参与殖民政府的事务，不接受英式教育，不穿英国人的衣服，不在英国银行存钱，等等。为了促进印度的民族纺织业，甘地身体力行，亲自纺纱。他几乎走到哪里都带着他的纺织机，以自己亲历亲为的方式引导印度人自力更生。

英国人用盐来控制印度，垄断盐的生产，甘地号召人民用海水自己制盐。他采用的方式是：亲自步行到海边，用海水煮盐。业已60岁的甘地住在印度北部，他领着人，整整走了24天，硬是走到了海边。这是甘地一生中最大的一次壮举，结果因为这个，他被英国人抓走。电影《甘地传》（奥斯卡大奖影片，拍得好极，建议没看过的人一定找来看看）中最感人至深的片断，就是这里。我每看一次都热泪盈眶。在甘地被抓走后，英国人来到盐场。盐场的工人们听从甘地的话，打不还手，但也决不退让。面对荷枪持棍的英国雇佣军，他们五个五个走到这些军人面前，结果全被棍棒打倒在地，旁边的女人们冲上来将受伤者抬走，然后另外五个又走上前，再被打伤，女人们再抬走他们。就这样，一批批人前仆后继，不动手，也不退让，真是惊心动魄。这样的力量，真的比动手反抗更震撼人心。

甘地一生，多次坐牢，多次绝食。他引导着印度人民走上自由独立之路并获得胜利，他被称为“印度三十年来的向导和哲学家”，是“印度自由的灯塔”。不仅印度人对他佩服得五体投地，就连他的对手英国人也是既怕他，又敬重他。一个人做到这一步，也真是了不得。

1948 年 1 月 30 日，甘地刚结束完他的一次绝食行动，身体尚未康复，便去为教派纷争进行调解，结果被一极端分子开枪暗杀身亡。他的死，不仅印度震惊，全世界都一起震惊，不仅印度悲痛，全世界都一起悲痛。

我想甘地相信非暴力能够制暴，是因为他相信人内心的力量能够战胜一切。据说甘地每周都有一天的时间不说话，用写字的方法与人交流，他以沉默来保持自己内心的平静。因为，在他的观点中，自己内心的不宁，比这个尘世的喧嚣更加糟糕。

甘地不是政府高官，为大局决断事务；不是富商，为社会提供财富；不是将军，为国家建立功勋；也不是艺术家，不是作家，不是名记者，不是教授，他只是一个有着自己主张的苦行僧老头，但全世界都为他折服。他以一己的精神人格，以一己的内心力量，以一己的宽容忍让，以一己的坚定不屈，以一己信任的真理与爱，让整个人类动心动容。

九、新德里的胡马庸墓

今天要说的是印度莫卧尔王朝时期的胡马庸墓。从孟买回到新德里，我们第一个要去的地方就是那里。

印度这个国家，历史上长期是处于分裂状态之中。专家们说，它分裂和统一的时间比例大概是 7 ∶ 3。也就有是说，在几千年历史中，印度有百分之七十的时间是分裂着的。跟中国比，它实在是倒霉得多。

印度历史上有过著名的三大王朝，一个是孔雀王朝，一个是笈多王朝，再一个就是莫卧尔王朝。孔雀王朝建立于公元前 317 年前后，笃信佛教的阿育王是孔雀王朝最著名的国王——这也是一个在印度家喻户晓的名字（我们住的酒店就叫“阿育王酒店”）。笈多王朝是公元 320 年前后建立的，专家们认为，这是印度的一个空前繁盛的王朝。印度教在这个王朝中进入全盛期，也是中世纪印度文明的全盛期。这一王朝在印度的历史地位，相当于唐朝在中国历史上的地位。第三个王朝便是莫卧尔王朝。这个王朝是蒙古人建立的，时间已经是 16 世纪，相当于中国的明末清初吧。莫卧尔王朝信奉的是伊斯兰教。印度境内现留存的许多漂亮的建筑，大多是这一时期的产品。说起来，印度的宗教的确复杂，一个王朝一个教，印度的文化所呈现出来的姿态，也因此而丰富多彩。

我们后面的参观，几乎都与莫卧尔王朝有关。

莫卧尔王朝第二代国王叫胡马庸，这是一个运气比较差的人。他的父亲巴布尔是莫卧尔王朝的开山鼻祖，他的儿子阿克巴大帝是莫卧尔王朝最伟大的国王。他夹在两个巨星中间，就算承前启后，有所作为，光芒也仍然黯淡。更何况他在位时间不长，作为也不大，人还风流好色（印度人大概因为这个不喜欢他），就是死，也不是太雅——从楼梯上跌了一跤，摔死了。所以，历史上很少提到这个不幸的人。

但是印度的建筑却是在胡马庸时代形成风格和特色的，最具代表性的便是胡马庸的陵墓。胡马庸也因了自己的这块墓，让世界上许多对印度历史完全无知的人知道了他的存在。

胡马庸在其父死后即位，结果在位期间，被人篡夺王权，胡马庸逃到波斯避难。之后，篡位者去世，国内乱成一团，胡马庸便倚仗波斯军队，卷土重来，恢复起他的莫卧尔帝国。显然，避难波斯期间，他受伊斯兰文化影响深刻。他的时代，尤其建筑，无处不打上伊斯兰风格的烙印。

胡马庸死于1555年。他的墓陵是在他死后十年，由他妻子出面，才得以建成。墓陵的建筑材料选用的是印度最常见的赤砂岩，其中镶以白色大理石，色彩对比鲜艳而典雅。而洋葱头的圆顶、拱形门，有着镂空花的门等等，所有的建筑符号和装饰图案，都散发着伊斯兰文化的气息。

据说，“四”在莫卧尔王朝中，代表神圣与和平，所以整个陵墓呈四方形，四条通道，通向外围。每条通道上都有水渠和水池，就像是一个巨大的十字，那十字的中心，放着陵墓的主体建筑。棺材置于陵内正中，里面很黑，我是什么也没看清。倒是看到墓顶的平台上，摆放着许多小棺，它们都被石头镶住，呈现在露天里，被风吹雨打，也怪可怜。

陵墓本身也是四方形的，只是削去四个小角而已。陵上有四座小圆塔，整个建筑中间开门，左右对称，显得十分均衡，给我的感觉是伊斯兰建筑风格仿佛将这种对称和均衡强化得十分厉害。

整个胡马庸墓陵，如一个大园林。园林内四伏着一些小小的陵墓，也不知是什么人的。那些小陵墓比胡马庸陵墓所散发出的死亡气息要浓烈得多。

胡马庸我是说不出更多的内容来了，只知道它是印度伊斯兰建筑的杰作之一，1993 年被列为世界文化遗产。

那天我们到胡马庸时，太阳已经快下山了。待看完胡马庸陵墓出来，我被旁边一个小陵园的氛围吸引，于是只身走了进去。我很喜欢这里的感觉，见时间尚早，于是在此流连。园子里的一角，站着三个印度青年，我从心里觉得印度人很善良，所以，这清冷之地，虽然只有我一个外人在此，但我从他们三人面前走上园子的短墙时，居然没有一点害怕。我沿着这个短墙，慢慢地看，慢慢地走，并不觉得那几个印度青年在盘算什么。

我本欲围着短墙走一圈，但走到半截，有人在门口喊了我一声，说是大家都上车了，快走吧。我不敢耽误大家时候，于是只能半途下墙。从墙上半道下来，必须穿过一个洞，洞虽然不大，但有些黑。令我万没料到的是，我一脚刚出洞口，一个印度人突然堵到了我的面前。他顺手抓了我一把，我大喝一声，你要干什么（中国话）！说话间我人已出洞，他便退了一步。而这时尾随我身后，洞里又出来另一个印度人。想来他们是准备两头包抄，堵我于洞中的，但速度慢了（唉，印度人办事就是慢，连抢劫都要慢半拍），他们到达时，我已经出了洞口。这时又有我们的人进到这小陵园拍照，我与他高声打招呼，几个印度人便止住了脚。出门时，遇到一个警察，他拎着一根棍子，对我们说，你们放心去拍照，有我在，不用害怕。我们什么也没对他说，可见这地方平常是有点神出鬼没的。

胡马庸遇到的这件事，也算我这次旅途中最惊心的一件事，虽然只几秒钟的时间。

十、绝代风华泰姬陵

今天要写的是泰姬陵，这是所有到印度的人必去的一个地方。

泰姬陵是有故事的。这故事跟爱情有关，跟帝王有关，其实也就是一个有点凄恻但绝对豪华的帝王爱情故事。上一篇写到莫卧尔王朝第二代皇帝胡马庸的陵墓，这篇里的主人公便是胡马庸的重孙——亦即莫卧尔王朝第五代皇帝沙贾汗。

沙贾汗登基为王后，后宫自然也有佳丽三千。佳丽免不了有人遇冷，有人受宠。遇冷的就不说了，因为太多，就说受宠的，人少好说点。有一个小女子，自波斯来，名叫阿姬曼·芭奴，长得好看是肯定的，混到王宫的，都好看。所以她必是另有高明手段，使得自己特别为沙贾汗宠爱，就跟唐明皇独宠杨贵妃似的。沙贾汗因为宠她而封她为泰姬·玛哈尔，听说这个意思是“宫廷的皇冠”。

这个泰姬比杨贵妃强得不止一点，入宫十几年，她一口气给沙贾汗生了十四个孩子，肚子几乎没闲过——杨贵妃看傻了吧？结果在生第十五个孩子时（正在随军途中），泰姬难产而死。像唐明皇的悲伤一样深重，沙贾汗伤心得一夜头发全白——唉，皇帝一多情，就让人平添好感。

比杨贵妃更强的是泰姬留下一个让自己流芳百世的遗言。她对沙贾汗说，你要给我修一个世人从来没有见过的墓。因为泰姬知道，这个多情皇帝沙贾汗对建筑有着特别的热爱。聪明吧？杨贵妃死的时候光知道哭，要不是白居易主动给她写了首诗，这世上又有几个人知道她?

既可满足爱妃的遗愿，又可满足自己的喜好，沙贾汗何乐而不为？他当年即开始了陵园的修建，墓址就选择在皇城阿格拉附近，紧挨着亚穆纳河。

世人都说他的曾祖父胡马庸的陵墓修得伟大漂亮，于是他以那座墓为蓝本，在此基础上进行创新，要比那座墓更伟大漂亮。他放弃了用印度本土的赤砂岩而选用了他最喜欢的全白的大理石，整个陵墓都用这白得透亮的大理石修建。沙贾汗所在的皇城阿格拉附近没有这样的石材，全部都从中亚甚至更远的地方运来。在没有火车的时代，成群结队的大象背着那些沉重的大理石走进工地——那场面何其壮观。

在耗费了无数的人工、无数的财富、无数的珠宝以及 22 年的时间之后，这个世上最漂亮的陵墓终于出现在人们面前。它在一个美丽的正方形花园的尽头。见到它的人，无不击节赞叹无不激动叫好。这是公元 1653 年，那时杨贵妃已被她老公下令自缢而死了 897 年，一曲《长恨歌》也已唱了 847 年。比起人家，咱们惨死在马嵬坡的杨贵妃想想都觉得可怜。

沙贾汗却意犹未尽，他还计划用黑色大理石再为自己修一座与泰姬陵一模一样的陵墓。墓址就选在亚穆纳河的另一岸，与泰姬陵遥遥相对。然后用白银修一座桥，将黑白两座陵墓连接起来。如果这一计划得以实现，那印度的旅游就更不得了啦！可惜他的儿子奥朗则布却没有给他这个机会，奥朗则布篡夺了沙贾汗的王位（不知道这个儿子是不是泰姬生的），将沙贾汗囚禁了起来。据说这个多情的沙贾汗只提了一个要求，就是把他囚禁在可以看到泰姬陵的地方。奥朗则布满足了他这个要求（也可能本来就准备囚他在那里），于是，沙贾汗便被送进了阿格拉的红堡内——在那里的窗口，可以看到泰姬陵。

沙贾汗就在他被囚的地方，通过窗口，看了八年他老婆的陵墓。估计实在看不下去了，就抑郁而亡——也真是强人！日本人都打走了，抗战都胜利了，他居然看着老婆的墓能撑八个年头！换个没意志的家伙，哪里熬得到八年？

最后，那个抢班夺权的儿子奥朗则布也没什么好果子吃，莫卧尔王朝到他那里就基本上完蛋。史书上说莫卧尔王朝只经历了六代皇帝，奥朗则布就是最后一代。他囚禁了自己的爹，也结束了自家的王朝。

泰姬陵被称为“世界七大奇迹”之一（跟咱们的长城地位差不多啊），我去看它之前，心里真是充满期待。但去的那天运气不太好，先是从新德里到阿格拉路上走了五小时，起早摸黑已经累得够呛，再加上遇到重要人物参观，暂时关闭不对外，把人又是一番折腾。待到下午开放时，结果上午下午的人全都拥挤在一起，以致人山人海。再好的地方，人一堆集起来，就没有心情去细看。所以，当看见进陵墓必须排巨长的队伍时，我就断然放弃进去，甚至没有走近它，只是围着陵墓转了个圈，就算了，只当是到著名景点报了一个到而已。

十一、阿格拉的红堡

这是印度的最后一篇了。这篇我要写的是阿格拉红堡，就是囚禁那个修了泰姬陵的皇帝沙贾汗的地方。

印度有两个红堡，一个是德里的红堡，另一个就是阿格拉的红堡。因为泰姬的老公沙贾汗皇帝被篡权的儿子奥朗则布皇帝囚禁在红堡八年，又因为沙贾汗是一个对老婆情深意长的家伙，所以，人们一谈红堡就光谈这事而忘了其他（可见情色之事总是人们最津津乐道的），尤其对那个修建红堡的阿克巴大帝提也不提，真是让人替他老人家不平。所以，在这里，我得把阿克巴好好介绍一下。

莫卧尔王朝的开国皇帝巴布尔是蒙古人的后裔，据说他英勇善战，文武兼备，以一万两千人的兵力，打败印度苏丹王国十万大军，从而建立了他的莫卧尔王朝。他把皇城建立在阿格拉。巴布尔喜欢文学艺术，他爱写诗也爱写书，对园林尤其钟爱。建国后，他喜欢到处修建花园。他的子孙后代都继承了他这一基因，几乎个个都喜欢文化艺术，所以莫卧尔王朝虽然只经历了六代皇帝，却给印度留下了无数珍贵的艺术品。

胡马庸是第二代皇帝，阿克巴大帝是胡马庸的儿子，他是莫卧尔王朝第三代君王，也是莫卧尔王朝最伟大的皇帝（虽然这个王朝只有六个皇帝）。阿克巴 14 岁登基，人极聪明，属于少年英雄一类，比之他伟大的祖父巴布尔有过之而无不及。莫卧尔王朝在他的领导下，征服四邻，建立了幅员辽阔的印度，经济文化也都达到鼎盛。

阿克巴是在父亲胡马庸流亡波斯期间长大的，他没有受到良好的教育，不识字，是个地道的文盲。但阿克巴却知道文化的意义，他靠听人阅读来增长自己的知识，他甚至用这种阅读方式来研究深奥的学问。由此他成为一个深懂文学艺术之妙的文盲，印度教著名的史诗《摩诃婆罗多》的翻译就是他亲自主持的。在阿克巴的时代，作家、艺术家、建筑师在社会上都具有很高的地位，而印度的文学、艺术、建筑、音乐也在这个时代得到极大的繁荣和创造。

书上说，阿克巴自己是个穆斯林，但他对其他宗教却采取宽容的态度，他的这种宗教宽容在历史上非常著名。他娶了30个老婆（白娶了，还不如他孙子只独宠一个来得出名），她们中各种教派的都有。他还有一个宗教讨论庭，当时印度的五大教派伊斯兰、印度教、耆那教、基督教和拜火教的信徒们经常在一起讨论。关于人生、关于来世、关于解脱、关于永恒等等，都是他们的话题，这种场面想来够气派也够温暖。不知阿克巴之后的时代或是阿克巴以外的世界，还有没有出现过这样的场景。

阿格拉的红堡是阿克巴在1565年修建的，方圆大概1.5公里。它既是宫殿，又是城堡，享受生活和防御敌人都不耽误。所以，它的外形非常壮观，而内里又非常奢华。城墙依然采用印度特有的赤砂岩为材料，这种赤砂岩质地较软，尤宜雕刻。

阳光下的城堡呈现暗红颜色，庄重而醒目。于是，世人称它为红堡。

阿克巴大帝喜欢印度的赤砂岩，所以他的时代修建的城门城墙都选用这种材料，风格豪迈大气，粗犷狂野，很像他的气质。但他的皇孙沙贾汗当朝时，却偏爱白色的大理石。所以，在沙贾汗时代的红堡里，到处修建白色大理石的建筑，这些建筑的墙壁和廊柱上或镂花或浮雕或配以彩色花纹，几乎无处不加装饰。这种有点小家子气的洁净婉约以及细腻柔美，倒也跟这个多情的皇帝很配。

阿格拉红堡是印度伊斯兰建筑艺术的顶峰之作，它历经四代王朝，一代王朝一种风格。里面原有五百多座建筑，只是年代远去，现存的宫殿已剩不多。纵是如此，阿克巴和沙贾汗两代王朝两种风情的建筑，却依然泾渭分明。红砂与白石，粗犷与细腻，厚重与轻巧，实用与装饰，那么一目了然地展示着两个帝王不同的性格、不同的气质、不同的喜好，就仿佛连他们不同的人生结局，都在这些建筑中隐约地潜伏着些许暗示。

沙贾汗皇帝后来便在此被囚禁了八年。每天他都从窗口眺望他老婆的陵墓，然后暗自神伤，悄然落泪。这个既重情意（女人赞）又没出息（男人骂）的皇帝最后带着他的无限怀念，死在这里。

沙贾汗死后，他儿子也懒得再给他另造陵墓，直接就把他的棺材抬到了泰姬陵。现在的沙贾汗，就睡在他老婆的墓中——怎么看都有点像倒插门。这样的故事结局，沙贾汗在大肆修建泰姬陵时，估计也没有料到。

红堡里宫殿层出，四处迷径，道路很是复杂。记得我从接见大厅像钻一个狗洞一样跨进一个小门后，突然就别有洞天。红堡里有些建筑，真是华丽漂亮至极。站在城墙上，极目远眺，感觉也非常好。

这次在印度的旅行，我们主要观看的是莫卧尔王朝的东西，却没能有机会去看看孔雀王朝和笈多王朝的内容。那些佛教的遗迹和印度教富丽繁复的塔群，似乎更让我心仪，更让我向往。所以，无论如何，我都将还会再去一趟或是两趟印度。唉，这个古老的有韵味有情致的国家，其实是很难看够的。

印度的旅行，到此就结束了。接下来，将是埃及。

第二辑

往事怀想

“日暮乡关何处是，烟波江上使人愁。”

这是一个极易让人心生感伤的季节，这也是一片极易令人心怀惆怅的景色。

恶之花

——汉口老租界

一、额尔金来了

1858 年 12 月 6 日，应该是汉口一个很冷的日子。你完全能想象得出江风是如何贴在长江的水面上低声呼啸。捕鱼的季节已经过去，江面上几无船只，站在南岸的黄鹤楼上眺望江水，真的是天苍苍水茫茫的一派寂寥。面对这样的苍茫，你的眼前不由自主会蹦出那首一直都撕扯着你内心的诗句：晴川历历汉阳树，芳草萋萋鹦鹉洲。日暮乡关何处是，烟波江上使人愁。

这是一个极易让人心生感伤的季节，这也是一片极易令人心怀惆怅的景色。

便是这天，一支庞大的船队从长江下游浩浩而来，它们突然出现在了汉口的江面上。两艘名为“狂怒号”和“报应号”的英国巡洋舰和三艘名为“迎风号”“鸽号”和“驱逐号”的英国炮艇威风凛凛地由上海经镇江、南京、安庆、九江，长驱直入，一直抵达武汉。它们沿途勘测航道，观察气象，制作精密的航道图，大摇大摆，目空一切。

几天后，它们看到了清澈的汉水流入浑浊的长江，看到了依着汉水停泊密集的船只和汉水岸边密集的房屋。于是它们轰然抛锚，将自己泊在了汉口的长江水面。

率领它们的是英国特使额尔金。半年前，英国全权代表额尔金与清政府签下了《天津条约》。当时的长江中下游战事激烈，洪秀全的太平军与清军正打得热火朝天。为此条约约定待“地方平靖”过后，再做进一步商讨。然而急于在中国开辟新地域的额尔金却耐不住这份等待，尽管十一月太平军的李秀成和陈玉成刚刚取得三河镇的大胜，迫使清军从安庆撤退，额尔金却冒着战火的风险一路逆流而上，闯到汉口。

汉口的命运便因了这个寒冷的日子，因了这轰然的抛锚声，因了额尔金的出现而得以改变。

静夜之时，我常常会生出这样的念头：来自西方的文明和来自列强的凌辱是不是自这一天起，开始由所有的缝隙中向汉口渗透呢？

二、汉口这个地方

汉口这个地方是近五百年前才出现的。

汉水的最后的一次改道，将其出水口落在了龟山北麓一片开阔的地带，它便是现在汉口的地盘。在它出道之前，武汉这座素称“三足鼎立”的城市，实际上只有两城夹江，这两城便是历史悠久的武昌和汉阳。

现在汉水将汉口从汉阳的土地上剥离开来，自成一体。

相对于浩浩长江，汉水只是一条小河，于是前来汉口创业的人们，也就管汉水叫了小河。小河的水流弯曲，水质清澈，水势平缓，水深适度，偏它在临近入江口的地方，水域又陡然地阔大起来，于是它便成了船只集结的天然良港。人们沿着小河筑圩、修堤、填土、打基，建起一座座吊脚楼。楼的一半在岸上，一半搭在水上，沿河一溜搭下，很是气派。楼下的水面上，帆樯林立，桨声喧哗。汉口的人烟因了小河和小河边肥沃的冲积土地，渐次兴旺起来。

汉口人的出行和生活来源，靠的是行船走水，码头也就春笋一样显现在了小河的岸边。地理位置成就汉口的商事，商事促成了汉口的热闹，热闹导致了汉口的繁华。于是到了清末，汉口已经成为中国著名的四大名镇之一。《汉口竹枝词》上说：“汉河前贯大江环，后面平湖百里宽。白粉高墙千万垛，人家最好水中看。”从水上望去，汉口的街上，万垛粉墙，高出云表，汉口的场面何其壮观。

这个时候，谁都会发现汉口是块好地方。

在额尔金来到汉口之前的1842年，一个叫柯林逊的英国舰长曾率领一艘军舰来过汉口。应该说，他是第一个落入汉口视野中的洋人。16年后，洋人额尔金才再次出现。

额尔金登上了汉口的土地，拜会了当时的湖广总督官文，并将汉口确定为通商口岸。

有了额尔金这次航行的垫底，1861年3月，英国驻华使馆参赞巴夏礼再次拥四艘军舰抵达汉口。这一次他正式要求湖广总督官文开放汉口，并仿照上海，划出一块地皮作为英国人的区域。由汉口花楼街东八丈起，顺流而下，至甘露寺江边下东角止约458亩的土地被英人看中，整块土地“永租于英国官宪”。

汉口英租界便由此划定。

三、“租界”的来由

说起租界，它的话头就长了，一直要长到一百多年以前去。

鸦片战争后，中国被迫签订了《南京条约》，上海及其另外四个沿海城市成为通商口岸。本来这场战争英国人要达到的一个重要目标，就是要让英国人登陆这五个通商口岸，不受限制地自由居住。战场上的胜利，使他们得以顺利实现自己的目的。

开埠的初期，上海的英国人不过是几个教会中人和几个由广东过来的商人，他们暂时住在城外的乡下，房屋小而简陋。但当时的英国人，只要有生意做，有房子住，对于住在哪里以及条件好坏，并没有提更多的要求。

1843 年 11 月，英国的第一任领事巴富尔乘船抵达上海，到岸后，因一时难以找到住处，在上海的头一夜，巴富尔仍然住在船上。第二天，巴富尔拜会上海道台，要求在城内租屋居住，结果遭到上海道台的拒绝。巴富尔出衙门后，遇到一个姓顾的中国人，顾姓者主动提出他可以把自己的房子出租给巴富尔。巴富尔随之察看了这所有着52个房间的住处后，认为可行，于是以每年 400 元租金就此租下。英国领事馆在这个顾姓人的房屋里设署长达六年时间，这是闲话。

鉴于如此现状，巴富尔便打算出资购买中国人的地皮，自行建筑居住屋和商用屋。一般说来，来自异邦他乡的人们，因与当地居民生活习俗、宗教信仰、语言方式的不同而更愿意同邦聚居一处，这种心理十分自然。对于清政府来说，为了防止英人散居各地，从而无法控制，觉得集中居住更为合适，故也提出对英国人在通商口岸租地建屋的区域应该限定界址，实行华洋分居，画地为牢，以方便于防范和管理。当时的道光皇帝是十分赞同这一主张的。可以说，无论清朝官方还是英方，都认为专为来华的英国人划定居住区域，是一个对双方都有利的事情。

最早划定英人居留区域界址的地方当然是上海。1843年底，巴富尔得到了东以黄浦江为界，北以吴淞江为界，南以杨泾浜为界，西面与一片荒地相连的约八百多亩土地。紧接着，在厦门，英国人又与清政府商定，划下了租地基址。只是，到此时为止，这些划给英国人的地皮，只是借给他们居住的区域。

英国人的租地划定不多久，法国人也来了，法国人提出了同样的租地要求。清政府官员有些发懵，心道你们反正都是洋人，住在一起不就得了？法国却不干，法国人要求另批租地。法国人说，我们是来向中国皇帝借地，而并非向英国求借地皮。这件事交涉了几个月，最后让步的当然是中国。中国当时积弱不振，一派败国之相，跟洋人打交道，步步退让，也是必然。上海道麟桂于1849年4月发布告示，告示中确立了法国人的租地界址。

这个告示的出笼，将清政府严加限定外商居留范围的初衷完全打破，反倒形成了同一个通商口岸可同时容纳并存多个外国人居留地区的局面。

同时太平军的攻克南京，以及小刀会的起义，给了洋人在自己的租地内建立武装的最好借口。他们组织义勇队，修建永久性的防御工事，他们甚至赶走了驻扎在租地附近的清朝军队。渐渐地，中国官方已经完全不能在洋人租地内处理任何日常的行政事务，就连居住在界内的中国人也要受洋人的行政管理。

在上海官府的软弱退让中，陆续地，洋人在他们的租借地里拥有了独立的市政机构——工部局，拥有了自己警察武装——巡捕房。他们完全摆脱了中国政府的管束，而成为盘踞在中国领土内的“国中之国”。

这样的结果清朝官方何曾料到。

四、“租界”二字出自汉口

租界独立姿态业已摆出，只是这时尚未出现“租界”二字。

随着第二次鸦片战争的失败，《天津条约》的签订，广州和天津的租地也陆续划定，外人居住地的方式再一次发生变化。

先是广州，由英政府向清政府租借沙面江滩作为英租界，这是第一个由外国政府租借界内部土地的租界。然后，天津海河西岸紫竹林一带四百多亩土地，被提出“立契永租”的要求。

现在，他们又到了汉口。

1861 年 3 月 21 日，巴夏礼在汉口长江北岸划下了英国租界址，与湖北布政使唐训方签订了开辟汉口英租界的条约。条约在中文文本中明确称这种外人租地为“租界”。其原文为：“自定此约之后，即不准民人在租界内再造房屋、棚寮等。”“租界”二字，至此方首次现身。

这一条约又规定：在这一区域中，“如何分段并造公路管办此地，一切事宜全归英国驻扎湖北省领事馆专管，随时定章办理。”租界由外国人领事专管的制度亦在此约中确认。

事趋如此，租地而至租界，其性质已经改变得一塌糊涂。原本对清政府有利于管理外人的好处，全部都没了。中国官方根本失去了任何管理和控制租界的权力，他们不能干涉租界内部的大小事宜，不能立法，也不能进去抓捕触犯了自己法律的人，他们的军队不能进入租界内，即便路过也得缴械让对方一一检查，有时他们反而还得听听来自租界那边的喊喊叫叫。因为那里已经不是中国的领地，而是别人的领地。这个事情走到如此地步，看上去便多少有些滑稽了。

五、国中之国

从上海租地开始，到全部租界的收回，租界在中国存在了前后一百来年，人们常常称它们为“国中之国”。

我们应该看看它们的基本数字。

租界时间最早、占地面积最大的是上海，但上海租界只有英、法、美三个国家；租界面积次之，而国别最多的是天津，天津共有九国租界。它们是英国、法国、美国、德国、俄国、意大利、奥地利、比利时、日本。

汉口租界占地面积排名第三，但它的租界开辟时间和国别数量则排名第二，前者仅次于上海，后者仅次于天津。

广州租界有两个国家，英国和法国，厦门有两国租界，英国和日本，其他如九江、镇江、杭州、重庆、福州、苏州等城市都只一国租界。

在汉口开辟了租界的五个国家是英国、德国、俄国、法国、日本。1861 年 3 月，英租界在汉口花楼巷江边至甘露寺江边下东角划定，占地 458.28 亩。1895 年 10 月，德租界在汉口通济门外自沿江官地至李家冢划定，占地 600 亩。1896 年 6 月，俄国和法国同一日在汉口划定租界，界址处于英租界和德租界之间。前者占地 414.65 亩，后者占地 187 亩。此两界边界犬牙交错，相互勾连。1898 年 7 月，日本在汉口德国租界以北划定租界，占地面积 247.5 亩。最初的租界面积统共不足两千亩，但历经这些租界的扩展以及越界，到最后计算下来，整个汉口租界的面积竟达 3300 亩。除此之外，在汉口，还有三处孤悬于华界之中却与租界有着血肉关系的飞地：日本军营、西商跑马场和万国冢地。

其实想在汉口占地开辟租界的远不止此五个国家，比方比利时就有过预留租界。张之洞主政湖北期间，主持修建卢汉铁路。张之洞认为“比系小国，别无他志”，故修铁路的贷款找的是比利时银行。比利时这个小国便趁铁路征地之机，以每亩

10两银的价格，购买下邻近日租界铁路边600亩地。比利时以比国千名筑路工人居住需要，欲建立生活区，以便于管理为名，要求设立租界。这事被张之洞断然回绝。比利时虽是小国，可也不是善辈，这个皮一扯就是十年，清政府无可奈何，最后以81.8万两银子，高价买回了比利时所购的全部土地。

还有一个久已窥视汉口的国家不能不提，这就是美国。早在英租界建立之时，便有美国的商人和传教士来到汉口。及至1901年，在汉口的美国人数与英国人数几乎持平。美国人欲在汉口开辟租界，自是提上议事日程。那块曾经与比利时争执了许久的地皮，又被美国人当作了租界的预留地。最后不知什么原因，终是没有建立起来。

汉口的租界虽然只有五国，但在汉口的领事馆除了有租界的五国外，尚有未来得及开辟租界的10个国家亦设有领事馆。他们是美国领事馆、比利时领事馆、荷兰领事馆、葡萄牙领事馆、瑞典领事馆、挪威领事馆、丹麦领事馆、意大利领事馆、瑞士领事馆、芬兰领事馆。用我们现在的眼光看来，当时的事情也有些怪，像西班牙、奥地利和墨西哥三国在汉口派有领事，却未设领事馆，而瑞典设有领事馆，却未派领事，他们的大小诸事情都交由美国领事代办。

这么多国家的洋人在汉口来来往往，可以想见得到，当时的汉口是何等热闹。

六、汉口：丧失还是获得

租界开辟之初，汉口闹市和民房几乎都集中汉水岸边。那里货栈云集，作坊密布，店铺错落，而开阔平整的长江北岸却仍是寥无人迹，荒野一片。英国人在为自己的租界选址时，撇开了热闹的汉水地带，而选择了长江岸边。

此时的英国人，经过了工业革命，早已告别了木船时代，他们征服长江和利用长江这条黄金水道，全然不在话下。五大租界区沿长江南起江汉路，顺江流而下，北至黄埔路，长达七八里的沿岸地盘全部占据，面积达数千亩。

汉口人眼睁睁地看着那些洋鬼子们在长江的岸边盖建了风格与本土完全不同的建筑群，高楼大厦风一样快速地矗立在了长江边上。花园和草地，马路和洋房，赛马场和跳舞厅，以及电灯电话，以及脚踏车自来水，以及汽车洒水车，以及煤气自鸣钟，诸如此类在西方日常生活中不可缺少的生活娱乐设施和物品，都出现在了长江北岸这片多年都无人打理的荒原上。西方人的法律意识，西方人的民主姿态，西方人的自由尺度，西方人的生活方式，西方人的物质文明，以及西方人的文化习惯，足令居住内陆深处，无缘见识国外的汉口人一时间目瞪口呆。

租界的到来和它们在中国本土上展示的模式，多少年来，都让国人有一种难以表达的心情。它们给中国人所带来的内容太过复杂，爱它当然不可能，恨它却也不全是。所以一个历史学家说，租界既是陷阱，也是阶梯。陷阱让苦难的老百姓又深陷一重苦难，阶梯又让中国大步登上了一个全新的高度。

租界之恶，在于它侵犯了中国的主权，它是强权侵凌弱势的结果。

租界之恶，在于它残酷而毫不留情地掠夺了中国人的财富，使得本已处于贫困的中国人更加陷于贫困之中。

租界之恶，还在于它纵容洋人在直面中国人时的霸道和蛮狠。他们的民主和平等只在他们同族人中讲究，当他们转脸向中国百姓时，却是一脸的不屑和傲慢。他们分明存活在中国的领土上，却可自行其是，横来直去，不受约束，甚至比中国人更加耀武扬威，为所欲为。

租界的存在，严重地伤害了中国人的民族尊严和民族情感，它是列强们强迫中国人接受的事物。

但是，历史总是有其错综复杂的一面，恶土之上，也能开出花朵。随着时间的推移，当年租界给近代中国带来的利处，也越来越清晰可见。

租界直接把西方人统治社会的模式搬到了中国人的眼边，让众多的中国人近距离直观了除皇帝统治之外的另外一种社会形态。

租界的法制也让中国人看到了法律的森严和威力。它可保护个人财产不受侵犯，也可容忍不同政见者的存在。

租界对于不触及它自身利益的言论和行为，给予了某种程度上的自由，这使得中国的报刊业有了一个不被清廷文字狱所迫害的避难之地。这个结果是使得大批的中国精英分子，得以有机会承担起唤醒民众民主意识的重任。他们有了条件和阵地，由此而加速了中国的民主进程。就连陈独秀当年都在文章中说，租界是中国最安全的地方，也是最安静的地方。

租界的市政建设让中国人开了眼界，它从生活方式上给了中国人一种更文明的参照模式。近代的物质文明，正是由租界传达和扩散到中国民间。

可以说，租界的出现，将中国与世界的距离拉近。它成为中国与世界接轨的一条捷径，或者说它是让中国人看到世界进步的一个窗口。

这些恶处和利端，有着五国租界的汉口都遭遇到和利用过。租界不仅重构了汉口的城市格局，就连汉口的气质也因此产生了莫大的变化，作为中南重镇的武汉能有今天的规模和气派，离开了租界，恐怕也无从谈起。

但无论如何，今天我们谈论租界的利弊，头脑必须清醒。我们不能因为租界曾经给过我们的一点点利处，而忽略我们的民族以及我们的先辈曾经有过的凌辱和灾难。我们更不能忘记，租界的直接受益者，从来都是开辟者本国。他们是为了让自己的国家更好地实施对中国的掠夺而开辟一条方便之径，并非是为了帮助中国而开辟租界。只是它在这个过程之中，在有意无意之间缩短了中国与世界同步的路途。

开场和结局的差异，过程和目标的错位，令租界具有难以辨别的双重性。但是究竟谁重谁轻，我们在掂量时，应该看到根底的东西。所以，我觉得租界虽然给我们留下很多的东西，但它终究是从烂泥中生长出来的花朵，它终究是中国肌体上的一块曾经痛彻身心的伤口，而并非是中国天空上曾经有过的彩虹。

红楼前的革命

1911 年秋天的一个夜晚

1911 年 10 月 10 日，武汉特有的酷热已经结束，凉风在太阳落山后，可以把江城的夜晚吹透。这个季节是武汉很为舒服的日子，秋天踏着它的步子一天天朝深处走去，天色也比以往黑得早了一些。这一天，直到太阳下山，都没有显示出它的特别意义，甚至没有人能想到这天会对几千年的中国历史产生些什么。

驻扎在武昌紫阳湖与右旗附近的工程兵第八营表面上看过去，静悄悄的，但是一股巨大的骚动不安的暗潮却在涌动着。这是一支负责守卫楚望台清军军械库的部队，晚上七点钟的头道名点过之后，排长陶启胜查哨，发现许多人都不在房间，又见两个兵士金兆龙和程正瀛正忙着擦枪。陶启胜觉得大不对劲，于是叫了两个护兵意欲对金兆龙进行下枪并捆绑。金兆龙见事不好，大叫一声：众同志不动手更待何时！

这是一声惊天劈地的叫喊，它像一根火柴，呼一下燃起了四周早已洒满汽油的柴火。他的话音未落，程正瀛举起枪托猛击陶启胜的头。蓦然间被士兵揍打的陶启胜吓得拔脚欲跑，程正瀛不知道陶启胜逃掉后会引起什么样的后果，于是端枪射击。

砰！就只这么一声，寂静的夜空被划破，声音响彻云霄。

这粒子弹击中了陶启胜的腰部，但它的结果绝不仅仅如此。

穿越了陶启胜身体的子弹，一直朝着逝去的岁月疾行。它高速而有力，带着千千万万中国人的愿望，瞬间洞透了几千年的中国历史，让帝王时代有如多米诺骨牌，从清朝一直倒至大秦王朝。中国历史因了它的横空出现戛然断裂，新纪元的曙光便随着子弹的落地而冉冉升起。

枪声过后，沸腾的声音立即在武昌城里响起，蛇山的炮声也从夜半轰然到天明。

第二天的武昌城里便插上了红旗，满街老百姓都在奔走，他们从四面八方云集到谘议局门口。他们知道了一件大事：革命了。

革命的故事要从头说起

程正瀛在这个秋天发出的第一枪多少带有一点偶然性。因为这粒摧毁帝制的子弹原计划要在这天的夜晚射出去，只是发射者本应是工八营党人代表熊秉坤。

革命当然是蓄意的，有准备的，所有的偶然中都深伏着它的必然。

1898年戊戌变法失败，六君子引颈就义，他们以自己的鲜血唤醒了一大批中国有志之士为国求变的良知。1900年初春，与戊戌六君子谭嗣同有着“浏阳双杰”之称的湖南人唐才常建立了自立会，并在汉口成立了自立军。这年的夏天，自立军拟定了详细的行动方案，聚集了十几万人，意欲以汉口为中心，五路并举，以成大业。这是一次介于戊戌变法和武昌起义之间的一场革命，他们的思路与戊戌变法的思路一致并延续下来。他们反对慈禧而力保光绪，他们主张改良而反对革命。结果，正当他们弯弓待发之际，原本与自立军默契相处的张之洞审时度势，突然反目，一夜之间，长江两岸陷入白色恐怖之境。自立军的主要领导唐才常等人亦在汉口的宝顺里和李慎德堂被抓获，第二天晚上便在武昌紫阳湖畔就义。谭嗣同曾在戊戌变法失败后，被抓入狱，他在狱中墙壁上题下绝命诗，诗云：“我自横刀向天笑，去留肝胆两昆仑。”唐才常在引颈就义时亦口占二绝，诗云：“慷慨临刑真快事，英雄结局总如斯！”唐才常之死距谭嗣同之死不过两年。“浏阳双杰”的鲜血在革命前夜已然流尽，但却滋润了更多的革命种子，这些种子在武汉的土壤上四下里发芽。

此时的武汉，因了张之洞的开放，洋务运动的发展，工商业的兴旺，教育业的崛起，为新兴的资产阶级提供了很好的基础。尤其是对留学生的派遣，直接对中国的革命产生了巨大的影响。虽然张之洞们派留学生走出国门，是为了让他们回国后继续办洋务并成为清王朝的栋梁之材。但出发点和目的之间产生了莫大的误差，在海外受资本主义思想影响的留学生们，成了推翻旧体制最强有力的掘墓者。

1903 年，从日本回来的吴禄贞在武昌花园山借孙茂森花园之李廉方寓所，邀上一些归国留学生及本地学生，进行聚会，宣传反清革命思想。虽然尚未形成正式的组织，但却实实在在地点燃了那些深埋在地下的火种。

1904 年，武汉成立了它的第一个革命组织——科学补习所。宗旨标明科学，实际则以革命排满为密约。现在他们讨论的话题，不再是改良，而是革命。同年，他们与湖南的华兴会响应，意欲起义，结果流产。

1906 年 2 月，革命者又在武昌候补街高家巷组建了“日知会”。日知会原为基督教美国圣公会 1901 年开办的宗教文化团体，以日求一知、不断进取、开启民智而命名日知会，下设一阅览室。前科学补习所成员刘静庵在这个阅览室躲避风声时将它开辟成了宣传革命的场所，一年之后，因叛徒出卖，日知会被破坏，刘静庵亦被捕入狱。

1907 年 9 月，革命者在日本成立了共进会。发起人中有好几个是湖北人，其中的孙武无论在唐才常的自立军还是在刘静庵的日知会中，都算是活跃分子。孙武1908年回到武汉，立即在本地成立了共进会。他们把工作的重点放在了军队，自命名为“抬营主义”，即整体地把士兵变为革命者。许多青年知识分子专为此而当兵行伍数年，这为辛亥革命的成功奠定了极好的基础。

1911年元月，也就是辛亥年的大年初一，一群革命者在黄鹤楼的奥略楼开办文学社成立大学。此时距武昌起义只有九个月，它在新军中的社员已达三千人之多。

对武昌起义起着巨大影响的正是共进会和文学社。

对于革命者来说，摧毁清朝，建立共和，已是志在必得。武装起义是迟早的事。

惨烈而黑暗的起义前夜

起义最初是定在10月6日，这天是中秋节。起义的临时总指挥定为文学社社长蒋翊武，参谋长则是共进会负责人孙武，以南湖炮队发令为号。

决定起义的时间是9月24日，从决定到起义期间的准备不足两星期，便是在这两星期内，发生了两件大事。一是南湖炮队有人退役回家，其他人为之践行，大约也是喝了酒，感情有些奔放，于是遭到官长的干涉。这帮炮兵情急之间，全然忘却起义前夕务要谨慎行事的规则，拖起炮来与官长反抗。这件事显然引起了官方的注意。第二件事更加要命，中秋起义的消息，居然被泄漏了出去，被堂而皇之地登在了报纸上。

为保障起义安全，也因湖南的来信，向后延期十日。信是湖南共进会焦达峰写来的，湖南方面希望与武昌同时起义。但10月6日中秋这天，他们准备还不足，希望能延迟十天起事，两省共同发难，胜算自然会大得多。起义指挥部便将起义时间改在了10月16日。

革命者的生涯也是多灾多难，马上就要起义了，可10月9日的白天他们还在自制炸弹。这些炸弹是准备用来扔进湖广总督瑞澂的卧室里的，想法倒是不错，可是制作炸弹的地方却选择错误。他们把这个制作地点放在了藏有诸多重要文件的机关里——汉口俄租界宝善里14号，这是共进会会长刘公的家。

起义的参谋长孙武在做炸弹时不慎引起爆炸，轰声震天，满屋硝烟弥漫，制作者孙武满面是伤，他被其他人从后门扶出，迅速送进了医院。几乎他们前脚走人，俄国巡捕后脚便进了门，放在这里的起义所用的钱款、旗帜、名册以及诸多公文全部都被搜寻而去，同时被抓去的还有刘公之弟刘同。刘同只是一个十四五岁的少年，又是富家子弟，禁不起严刑拷打也是必然。刘同将他所知道的一切全部招供，瑞澂按照他所提供的东西，开始大规模搜捕革命党人。

在这紧急情况下，根据孙武的提议，武昌小朝街85号的起义总指挥部决定当晚十二点起义，起义的号令为南湖的炮声。然而，负责前去南湖传达命令的联络员却在十二点过后才抵达南湖，准备起义的人们通宵等待号令，但南湖的炮声却没有响起。

而当晚小朝街起义指挥部却被人出卖，正当他们等待南湖炮响时刻，军警却将他们团团包围，三个重要人物被抓住，他们是彭楚藩、刘复基和杨洪胜。彭和刘是起义的军事筹备员，杨则是起义的交通员，他是在送弹药的过程中被抓住的。

彭楚藩身穿宪兵服，审讯他的督练公所总办铁忠怕牵连他的妹夫、宪兵营管带果清阿，便替彭楚藩开脱，说他是前去抓革命党的宪兵。但彭楚藩却不吃一这套，他慷慨陈词，历数清廷种种罪状，并直认自己就是革命党人，表示自己既从事革命，个人生命早置之度外。彭楚藩临刑时直立不跪，从容就义。

刘复基是革命党人中的一个重要人物，智勇足备，几乎相当于诸葛亮一类的角色。他一进公堂便道要杀就杀，何必多问。铁忠早知他是革命党的骨干，志在必杀，果然也不多问，便是在刘复基高喊口号时，刽子手举起了刀。

杨洪胜死在彭、刘二人之后。与彭、刘二人知识分子身份不同的是，他是农民出身的革命者，专门负责运送军火，就在这天早上，他还给即将起义的工八营送去了子弹。铁忠想要从他口里得到更多的同党，对他进行了严酷的鞭刑。杨洪胜全然不在乎，说，“老子连死都不怕，还怕你的鞭子？”此后亦骂不绝口，被斩首时，依然口号连天。

10 月 10 日凌晨，彭、刘、杨三人被刀砍死在总督衙门内，其状甚惨甚烈，这使得武昌城内白天的气氛格外紧张。总指挥蒋翊武逃亡在外，参谋长孙武被自己炸伤，刘公亦避走他乡，革命党突然间群龙无首，而革命将何去何从，无人知晓。巨大的危机摆在了已经周身热血业已燃烧的革命者面前。

此时，另一个重要人物出现了，这便是后来被孙中山称为“熊一枪”的熊秉坤。

利箭已经扣在紧弦上

彭、刘、杨三人英勇就义的消息，瞬间就在革命党人中间遍传，悲痛与愤怒，极大地刺激了人们。我总觉得没有这三人壮烈牺牲，恐怕武昌起义还不会有这么顺利。正因为他们的死，正因为他们为了革命宁愿引颈就义的壮举，把无数人的悲痛、愤怒和对他们的敬仰聚集到了一起，成为一股无坚不摧的动力。坚定的革命者更加坚定，动摇的人们亦不再动摇。他们的鲜血就像是凝固剂一样，将多少还有些松散的力量拧成了强烈的、巨大的能量，这是比原子弹更为激烈的东西。

10 月 10 日，在工八营的早餐时间，革命党人总代表熊秉坤将那里的党人代表集中，熊秉坤说："吾辈名册已经被索去，反亦死，不反亦死。与其坐而待死，何若反而死，死得其所也。"他的话得到众人一致的赞同，他们定于下午出操时起义。不料消息再一次走漏，各营下午一律停操。于是，熊秉坤便改为晚上头道名点过后，二道名点之前，即七点之后，以熊秉坤的枪声为号，举行起义。

晚，头道名点过后，熊秉坤去各队查看士气，便是在这个时候，金兆龙与他的排长陶启胜发生冲突，他的战友程正瀛抬手朝陶启胜开了一枪。枪声成为起义的信号。

熊秉坤闻枪声而至，他追在陶启胜后面连连开枪，但未击中。此时的武昌城，已然喧哗起来，早已摩拳擦掌的革命党人，倾巢而出。喊叫声、枪弹声将武昌的夜晚打得粉碎。

官长们闻声意欲弹压，但抵挡不住士兵们的抗击，工八营的反动势力很快崩溃。熊秉坤立即吹哨集合队伍，响应者有四五十人，在熊秉坤的率领下，他们朝楚望台进发。

楚望台的革命党人听到营房传出的枪声，知道那边起义了，于是立即呼应了起来。他们占领了军械库，大开库门，将大批的枪弹交给起义前来的革命军。熊秉坤以总代表的身份下令，本军称"湖北革命军"，今晚作战以破坏行政机关、完成武昌独立为原则，清朝督署为作战目标，口号为“同心协力”。

革命常常是混乱不堪的，但在此混乱当中，却又会有一些极其明智的决策，这些决策总来自于那些格外冷静的人，熊秉坤就属于这类人。熊秉坤在发出号令后，察觉出兵士们对他的不以为然，他感到极不自在，考虑到自己在军中位卑职低，恐难服众，担心局势若失去控制，功亏一篑，于是顺应了兵士们的愿望，将总指挥之职让给了曾经参加过日知会、又有着丰富的军事指挥经验并在官兵中被称为“智多星”的吴兆麟。吴兆麟时为楚望台左队队官。

工八营的起义全然是熊秉坤策划和组织的，在革命的最关键时刻，职卑位低的熊秉坤主动地挑起了大梁，工八营的革命党人在他的指挥下起义行事，并将这场起义变成了全国性的胜利，所以称他为“熊一枪”，从广义上讲也不为错，虽然真正的第一枪，并非由他发出。

吴兆麟当即以总指挥的名义发布了命令，他对起义部队重新作了部署后，着手攻打总督署，口号改为“兴汉”。

总督从后花园钻洞逃亡

南湖炮队在武昌城外，最初的起义计划打算由南湖炮队发难，起义军的主力也在这边。在工八营打响起义的枪声时，这边也已经开始了行动，可是因为距城区远，行动难度比工八营要大。

工八营曾经惹起开枪的金兆龙被派去迎接南湖的炮队。金兆龙率人到城门时，守门的人都逃得干干净净，城门紧锁，连开门的钥匙都没有。这个金兆龙大概是个习武之人，他将一尺长重三斤的铁锁用力向怀中一拔，竟把锁碎成数段。

金兆龙在半路与携着大炮向城内进发的炮兵第八标主力相遇，他们将大炮安置在楚望台和蛇山。炮队由蛇山后上山，天黑路难行，几门大炮几乎是被起义的兵士扛上了蛇山。

应该说吴兆麟指挥起来还是有两下子的。大炮一到位，他便指示："今夜如果不将敌击溃，一待天明，吾辈必为所虏。"于是，炮火直接对准了督署衙门。

武昌起义，可以说，如无这些大炮的优势，想要一夜之间致敌兵溃如山倒也不太可能。

其实早在炮轰总督署之前，湖广总督瑞澂已经听到了兵变的消息。虽然在白天他杀人如麻，而此一刻，他却十分紧张。瑞澂立即叫了他手下的文武官员商量应变的办法。瑞澂是个无能之辈，他的手下又焉能有强能之人？即使有，出的高明主意，瑞澂又怎能认得清楚，听得进耳？他的手下人中，的确也有清廷忠臣主张死守制台衙门，以等救兵；但也有人表示仅此一点兵力，无从谈守，即如此，又何必在此等死。瑞澂既是一个胆小无能之辈，选择逃跑的方案便是必然。

是时，革命党人已经打了过来，从前门出逃业已不太可能，而制台衙门又没有后门。有人提议瑞澂家的后花园离长江楚豫轮的停泊码头颇近，可以在墙上打上一洞，钻洞而出，逃到楚豫轮上去。瑞澂觉得这是个好办法，于是，领着一群家眷，什么也没有带，进到了后花园。此时大约在晚上九点十点左右，瑞澂令手下用枪托将墙泥捣碎，再用刺刀将砖撬松，最后用枪托把砖捅开。很快墙被打出一个大洞，瑞澂一行人从洞中钻出，步行了约二十来分钟，抵达楚豫轮。他们一上船，即令起航，楚豫轮朝汉口驶去。

轮船刚刚离开码头，就听到总督署枪声四起，炮声轰鸣。

从某种程度上说，瑞澂的无能和胆怯，也帮助了武昌起义大获成功。

黎元洪被推到了历史前台

一句老话说，时无英雄，使竖子成名。我不知道这话用在黎元洪身上是否合适，可是多少年来我看宣传文章，就一直有这么一种感觉。

事实上也是，武昌起义后由他出任湖北军政府都督显然是革命党人一件最无可奈何的事，因为革命党所有的重要人物斯时斯刻都不在武汉，而局势又必须有人出面来稳定，在这个关口上，黎元洪便死拉活拽地被人推到中国历史这个最重要的关口上。现在看来，他是捡了一个大大的便宜，可在当时，黎元洪自己却是百般不情愿。

黎元洪是湖北黄陂人，毕业于天津水师学堂，说起来也是科班出身。他原是海军，甲午海战后，他所在的军舰被击沉，于是，便投靠了张之洞，之后又被派到日本学习，归国后就参加训练湖北新军。这个人的性格可能比较温和，心地善良，待士兵亦不错，所以，他在士兵中口碑颇好，也算是有些威望。

10 月 10 日夜，黎元洪闻知兵变讯息，起先还想效忠清廷，前去镇压，后来发现情况不对，便也只有一逃了之。黎元洪藏到了他的手下刘文吉家中。可是去到之后，想起家里的积蓄及细软倘若悉尽丢失，也很不甘，于是派伙夫回家搬运。该伙夫挑了三只皮箱出来，恰恰与巡查的革命党人程正瀛等所遇，对方以为他是乘乱抢劫者，便喝令止步。经询问，伙夫不得已供出自己身份，并说明自己奉何人所派，箱子主人为谁。这一说不打紧，革命党人立即与伙夫一起去到刘宅。黎元洪知道自己再藏也无益，便说我平常对你们并不刻薄，你们为什么要为难我。革命党人说我们没有恶意，只是想请你出来主持大计。黎元洪被革命党人带到楚望台。

总指挥吴兆麟考虑次日城内百姓知道兵变恐有大乱，必须赶紧写出安民告示。但是告示署谁的名字，却有讲究，否则难服民心，他便提出找混成协协统黎元洪来担当鄂军都督。当时亦有人反对，提出了一系列名单，可是合适的人却都不在武汉，而在武汉的人，除了黎元洪外，竟是找不出一个更为合适的人选。好在革命的目的是反清驱满，首领只要是汉人，就问题不大。所以最终只好决定找黎元洪。

恰这时，黎元洪被起义军找到，接到信息，总指挥吴兆麟令兵士排成一排，鸣号欢迎之。黎元洪穿着青呢马褂，灰色长呢夹袍，头上戴了顶瓜皮小帽，从兵士前走过，有些胆怯，又有些恼怒，但却无力左右自己的行动，其状想来多少有些可笑。其间还发生了一个小插曲：一个炮兵在黎元洪走过来时，大呼要黎元洪下令作战。黎元洪的手下在一边嘱黎不要理会他，炮兵正在革命的兴奋中，听此一说，怒不可遏，举刀便欲砍杀黎元洪的手下。黎元洪只得以身蔽之，幸亏吴兆麟及时制止了士兵的行为。

天亮之后，众人拥黎元洪到阅马场谘议局。因湖广总督署受战火破坏，一时不能修复利用，经众人商议，决定以省谘议局办公楼作为中华民国鄂军都督府（即湖北军政府）办公之用。

黎元洪走到门口，有人高呼“黎都督到了”，黎元洪默然不语。纵然如此，但在他一脚跨入谘议局大门那一刻，这里立即成为新的革命中心。

革命的地点，随着黎元洪的身影，由狭窄里巷中那些秘密的房间，堂而皇之地转向了街面，转向了这幢红色的楼房。

红楼的光芒照亮中国

1905 年 6 月，慈禧派出五位大臣出国考察政治，大臣们在海外经洋风一吹，受西方资产阶级民主思想的影响，回国后，便奏请“宣布立宪”，以立宪来抵制革命共和，这回慈禧同意了。为了立宪，必须成立一个类似的民意机关。清廷颁布各省谘议局章程，并限各省在一年内一律成立谘议局，湖北自不例外。

既要成立谘议局，便得有办公场地，于是新建办公室及会议大厅也就顺理成章。谘议局新楼的地址选在了位于蛇山南麓的阅马场，这地方曾是明代的教场，当年有演武厅三间。明代教场往往被人称作阅兵楼，故清朝顺治年间，湖北巡抚在此重建教场后，称此地为阅马厂。它是清军练兵演武的操场和举行武科考试的考场，有演武厅，清军绿营兵的营房也在这里。1688 年，被裁的绿营兵起事，在阅马厂建立总统兵马大元帅府，从那以后，阅马厂就成为老百姓聚集反抗的重要场所。1853 年太平军也曾在此筑台“讲道理”，并举行进军南京的誓师仪式。所以，这块地皮上，叠压着不少反抗的传奇和革命的往事。

1908 年由清政府出资，在阅马场北面修建起湖北省谘议局大楼。大约在1909年，大楼建成，它成为湖北谘议局办公所在地，当时的议长是汤化龙。

大楼紧靠蛇山南麓，占地二十八亩，建筑面积六千多平方米，分办公和生活两个部分。主要建筑由谘议局办公大楼和议员公寓组成，此外尚有东西平房、大门及门房。它的设计者是日本人福井房一，这个人在武汉还设计过什么房屋以及他的生平来历，全无资料可查。可以一说的是，这个日本人并没有把房子设计成日本东洋风格，而是采用了近代西方行政大厦和会堂的建筑形式，几乎就是对西欧议会建筑的模仿，砖木结构，两层楼房，平面呈“山”形，构图对称，庄重典雅，很符合中国人的欣赏口味。它的室内两层大梁采用了钢筋混凝土结构，是武汉地区最早使用钢筋混凝土结构的建筑之一。因是政府出钱，后台老板颇大，所以整幢大楼的形式和规格都极其追求完美，说它是武昌城近代建筑之最一点也不为过。直到今天，时间业已过去了几近百年，走近它，细看它，觉得它仍然是那么爽目，那么富有气质。

谘议局大楼因外墙用特质的优质红砖砌成的清水墙，屋顶变化多端，但全以清一色的红瓦铺就。红砖红瓦使得整个大楼焕发着一种鲜艳而明丽的色彩，故通常被人俗称为“红楼”。中国革命者喜欢红颜色，不知道是否由此开始。

黎元洪走进谘议局时，谘议局议长汤化龙等宪政派人物也都业已到达。不管他们后来路是怎么走的，在当时，他们却都是革命的支持者。汤化龙首先便发言表明了支持革命的态度，吴兆麟当即在会上提出公举黎元洪为湖北省大都督，汤化龙为民政总长，全场鼓掌，一致赞同，却只有黎元洪一个人表示不同意。黎元洪再三表白自己不能胜任此职，但会议业已通过，无人理睬他的表白。这个都督无论他当与不当，都必须强制执行。

早已写好的安民告示拿了上来，现在需要黎元洪签字生效了。可是黎元洪依然在推辞，他连连摆手说，莫害我，莫害我，坚辞不签。革命党人对此终于有些忍无可忍，心道没有杀你已经是对你不错了，而选你当都督，是我们临时无人，是让你占了大便宜，你居然还这样不识抬举，推三阻四。一个叫李西屏的革命党人怒而举枪，他对黎元洪说："你再不答应，我就枪毙你！"这一刻的黎元洪不知革命的前景如何，依然死活不肯，最后李西屏只好代他签下了一个"黎"字。很快，谘议局大门外便张贴出了第一张以"中华民国军政府鄂军都督黎"之名的安民布告。

这张告示下"黎元洪"三个字的确起了莫大的作用。无论国人还是洋人都没有想到，堂堂协统黎元洪竟也是革命党人，清军残部士兵也大为惊心，一时间纷然易服逃亡。

但是人在谘议局内的黎元洪却在起义的两天内，不吃不喝，不言不语，不闻不问，因此他得了一个外号“泥菩萨”。到了第三天，武汉三镇全部被光复，胜利消息频传，更兼有人以“黄袍加身”的故事启示他，黎元洪突然醒悟一般，他不仅开口说了话，并且同意剪去了自己的辫子。

黎元洪最后的出山，一来是革命党人的胁迫，二来也是他自己在长考过后，未能禁得住功名利禄的诱惑，最终成为起义军的首领。此后，他又被独立各省都督代表会议举为临时政府大元帅，他在历史上的位置因了他最后的决定奠定下来。以前无论他有过怎样的反动行为，以后又无论他干过什么反革命的事情，都丝毫不影响他在这一场举世闻名的革命中所立下的功绩。历史记录常常十分简单：不计过程，只看结果。

而这幢由清政府出大钱修建的红楼，也成为革命党人宣布废除清朝帝制、成立中华民国的所在地。时间距大楼的落成时间才不过两年。

武汉这个地方，地处内陆深处，几千年中并没有多少可以传诵久远的故事，这场革命的爆发，让武汉面向全世界做了一次最大的广告，也让武汉有了无数惊心动魄、悲壮惨烈的往事，它们都成为武汉人永远的话题。

二十年后的1931年，红楼的前面树起了孙中山铜像；七十年后的1981年，这里成为辛亥革命纪念馆。红楼前的革命成为人们不可磨灭的记忆。

现在红楼的地址是武昌武珞路 1 号，再过六年，它就满一百岁了。

汉口消失的游戏

小时候，我一直生活在汉口。那是一座名叫刘家庙的宿舍大院，它位于汉口著名的黑泥湖附近。在当年，这地方几近郊区了，所以，在我们宿舍的周边，有许多菜园，不远，还有一个火车货运站，夜晚，经常能听到火车长鸣的声音。

我们的生活圈子很小，除了上学，很少出门。父母因为各人忙各人的，也不是经常带我们出去玩。因为坐车少，所以，我长到很大都晕公共汽车，因为晕车，就更不愿意出门。记得有一回，我母亲带我去江汉路买鞋，返回时打死我都不肯坐汽车，母亲只好陪着我从江汉路一直走回家，走了几近两个小时的路，把母亲累得腰酸背疼。我的不愿坐车的举动，令全家人都不愿跟我一起出门，以致我对出门一直有一种恐惧感。直到参加了工作，我业已年满十九，一个人到汉口闹市去，还要鼓起很大的勇气才敢前往。

虽然是住在一个相对独立的大院里，但我的童年生活却并不孤单。之所以没有孤单感，是因为我有很多玩伴，也有很多游戏可以玩，汉口所有的游戏都能流传到我们这里。宿舍里如我这样大小的孩子很多，大家的父母在一个单位工作，彼此又都住在前后的楼上楼下，甚至在同一所学校上学，兄弟姐妹乃至七大姑八大姨也都熟稔得不行。加上当年的学业并不像现在这样紧张，宿舍的院子又很大，我们有足够多的时间和足够大的空间聚在一起玩游戏。与现在的孩子形单影只地坐在电脑前同一个虚拟的世界交流，我们可真是要快乐得多。当年的我们两手空空，没有任何可以炫耀的玩具和现代装备，也没有多少书籍和可以一看的电影，我们拥有的只是时间和我们自己的玩心，然后再加上我们彼此。所以，我们玩的游戏几乎都是集体合作式的游戏，那些游戏伴我们度过了最美丽的童年，几乎够我们回想一生。

跳橡皮筋

跳橡皮筋是女孩子最喜欢的活动。跑橡皮筋的方式主要有两种，一是跳单根皮筋，一是跳双根皮筋。无论是跳哪种方式，玩法都差不多：人数必须为偶数，一分为二分成两组，一组负责牵皮筋，一组人跳。谁在跳的过程中失败，谁就下场，一直到最后一个人失败，才换组来跳。如果顺利地跳完一节，就可以升高一关。从地关开始，到膝关、腰关、肩关、顶关，最高是天关。所谓的关，就是皮筋的高度。皮筋升到膝盖，就是膝关，升到肩部，就是肩关。而天关，就是把牵着皮筋的手臂举得高高，直指天空。这是最难跳的一关，跳过了天关，就要换第二种花样了。

如果有高手领头，其他人在她的带领下，就比较容易过关。尤其天关这样难度比较大的关口，只要高手的腿能够着皮筋，其他的人便都可沾光而过。如果高手“死了”，这一组人也就很快没戏。按说在跳皮筋的过程中，高手往往容易先死掉，因为高难的动作都是由她先行完成，其他人跟在她后面并不费劲，但不知道为什么，最后剩下的还是总是高手一人。靠了高手的能力，她可以不断地拯救全组：因为天关一过，全组已经“死了”的人，又全部复活。这种游戏，周而复始，真是永远也玩不厌倦。

跳单根的皮筋是要唱着歌跳的，非常有节奏感；如在阳光下，一群女孩子一边大声地唱着歌，一边双腿快速地跳跃着，那种场景，何其温馨动人。而跳双根皮筋则没有歌，但是技巧性却更强一些。只是无论是单根皮筋还是双根皮筋，都是花招迭出，并且无人知道，这些花招是怎么流传开来的。

跳绳

跳绳的玩法也是多样，除了自己玩之外，更多的时候是比赛。比赛亦有独跳和集体跳两种，独跳是自己手执一绳，按规则数数，有正跳、反跳、悬空跳、花样跳。正跳最简单，但水平高的跳绳人很少只正跳的，因为这样太单调，所以，跳花样的更多。

不过大家在一起玩的时候，单独比赛式的跳绳其实玩得很少，更多的是玩集体跳绳。集体跳绳的绳子要够长才行，两人各执绳的一头，将绳子朝同一方向甩起来，其他人则要一个接一个鱼贯而至，在甩动的绳中跳一下，然后冲出去，如果没冲出去，或者没有连接上，就自动下场。当跳绳的人淘汰到最后只剩下三四个人的时候，就非常紧张了，因为绳子是不能空甩一下的。这样，你就得冲入绳中，跳一下跑出来，再绕到原处，又冲进去，因为跳得人少，时间短，又必须连贯，所以就得不停地绕着圈子奔跑，而这时候也就是跳绳游戏的高潮。这种跳法，是我们小时候最喜欢玩的一种。这时候拼的就是自己的能力，能力强的人能一直跳到最后，而能力差的人则经常只跳一个回合就下场了。

跳房子

这个游戏的叫法，不知道为什么，想想就觉得有趣，有味道。房子也能跳?

跳房子也分好多种。当年我们玩的主要有两种：一是方格房，另一种是飞机房。方格房中有单行和双行的，单行的比较简单，依次画上四个格子后，顶上再画一个半圆形的“房顶”，跳法是从最底下一格开始，用一块薄薄的石片，然后用单腿将它踢入到第二格，依次向上，最后到半圆形“房顶”后，要拾起那块薄片，再单腿沿原路跳回去。双行的方格房则是一直跳到最高层后，拐一个弯，再继续跳回来，与单行的房子相比，它没有单腿跳回这一程序，必须一直用脚将石片踢回原点，那块薄薄的石片是跳房子必不可少的工具。它也可以用其他东西代替，比方平平的木头块，只要你觉得好跳就行，武汉话称之为“bo”，汉语里没有这个字，读时要有点“儿化”音。更多的时候，我们喜欢用一根麻绳串几粒算盘珠或者串十几粒小小的贝壳抑或扣子当“bo 儿”，它们比石片更容易被脚控制。

飞机房顾名思义就是画成飞机的形状，其实它的样子更像蜻蜓。跳法上花样多一点，多几道曲折，但大体的玩法也都一样。

我居住的宿舍楼，楼上楼下都有宽大的走廊。走廊是半敞开式的，很明亮很通透，地是水泥的，十分平展，那里是我们跳房子的最佳场地。我们只需要用粉笔画上线条就可以开始跳房子了。但大人常常嫌我们吵闹，将我们赶到户外，无奈的我们虽然一肚子不情愿，但也只能听大人的。我们会在泥土地上用石片画出房子来，只是泥土地上画出的房子，跳几下线条就不清楚了，于是我们便在我们经常跳的地方，做出一个“工程”。

这“工程”就是捡来一些碎碗的白瓷片，将它砸成纽扣大小，然后嵌在地上。褐色的泥土镶上白色的线条，那“房子”特别清晰漂亮，它可以持续地跳许久。在宿舍的空地上，可以看到很多这样的碎白瓷片的房子，很是明媚，那都是我们的杰作。长大后，我似乎就再也没有见过这样别致的“房子”。

打电

打电是一种奔跑追逐的游戏。汉口人为什么这么叫，我现在也弄不清楚。这个游戏有比较多的人玩才最有趣，在场的人，必须分成两队。选择的方式有点像篮球里的选秀，它由两个公推的首领以划拳的形式来选择。首领先划拳，谁胜，谁就可以挑选他认为跑得最快的一个人。每划一轮，可选一个，一直到人数选完。人员分配完后，还是以划拳的方式决定跑方和追方。两方各以一根电线杆为大本营，两方大本营的距离一定要比较远一点，可以相互看不到对方。追方必须把跑方的人全部抓住才算胜利，因为跑方没有任何目的，所以救人就是跑方的最终目的。跑方一开始就是要放一个人跑出去，这人肯定是跑方中最差劲最没有能力的一个。大本营几乎被追方包围着，跑方的第一个人几乎都是一出门就被逮着做了俘虏。俘虏在追方的大本营里，手必须接连着电线杆。如果跑方被抓到好几个人，那么这几人就会手拉着手，延伸得老远，等着自己的人来营救。营救者如果冲破敌营的包围，只要手接触到被抓者的任何一处，就算营救成功。获救的人在返回途中是不能抓的，他们必须回到自己的大本营后，再度出山，才可以抓。最高潮的则是跑方的全部人马都被抓获，只剩一人时，那时游戏的双方都十分紧张。追方的防守这时也全部集中在这一个人身上，想要有所突破真是不容易。所以，这最后的一个人常常会冒着牺牲自己的危险，孤注一掷，拼了命来突破重围以图触到众俘虏的手指，是所谓以牺牲我一人的方式而换来全体人的再生。这种“自杀式”的营救则又是追方最惧怕的，实际上，到了最后一人时，不以这种方式也不太可能救回大家，而多半的情况下，这个最后的“活人”也未见得能救出大家，因为只要他稍有动静，追方的人马全部冲到他的面前将他一举抓获。但也有时候，这最后的一个人为了麻痹对方，藏到一个隐蔽的地方久久不出来，以便趁对方防守松懈时，一举突破重围。这样的策略当然好，可是常常也很害人。有一回跑方剩下的最后一个“活人”是个比较小的孩子，她很机灵，跑得也快，她把自己藏了起来，准备最后来营救我们。结果在藏时，遇到她的奶奶，把她揪了回家，可怜我们这些等她前来营救的人一直等到天黑也没有见她出来，这场游戏只得不了了之。

打电因了它的紧张和激烈程度，成为我们玩得最多的一个游戏。一年夏天，我们住楼房的小孩突然想寻找刺激，于是下了份挑战书，约定时间地点，向住在平房的小孩子挑战“打电”。住在楼房的孩子常常自我感觉比住平房的孩子要好，一则父母地位要高一些，家境环境也要好一些，二则在学校成绩好的人几乎都住在楼房，我们以为自己必赢无疑。但没想到打电这种玩意拼的是体力和速度，成绩再好也没有用。这一回的比赛，以下战书的楼房小孩惨败而告终。现在我都还能记得游戏结束后，我们一群人无比沮丧的样子。

攻城

攻城的游戏比“打电”的游戏流行得要晚。攻城的活动范围比打电要小，打电是要到处奔跑的，而攻城却只在原地，这就特别适合在操场玩耍。我们宿舍里有一个不错的篮球场，那里是我们玩攻城的天堂。

攻城必须先画出城来。城是S形状的，只需把曲线变成直线就行，有点像反过来的“已”字。两边敞开的小口算是城门，进出都在那里，城内相对的两角还有两个小城，算是内城。攻城的一方，身体的任何一个部位接触到内城就算成功。攻城的时候是双方同时进行攻守，而不是一方只攻一方只守。因为这个，难度比较大，一方面要守住自己的城，一方面又要攻下别人的城。攻城的人可以趁对方不备时，隔着线把城里人拉出来，成为俘虏，一旦当了俘虏，就得退出游戏。所以，躲在城里的人随时还得防备城外的拉扯，往往大家都缩在中间一团，但城里的人把城外的人隔线拉了进来，那人也算是俘虏，他就再也不能加入攻城战。攻城时身体可以相互接触，相互拉扯，这时候谁的力气大谁自然就本领高强。玩这个游戏最重要的一点，就是只有在本家城内才能双脚踩地，出了城就必须单腿跳跃，绝对不能双脚落地，悬起的一只脚哪怕是稍稍沾了一下地皮，被对方发现，也会算“死掉”。如果攻进了对方城内，在抢占到内城前，也只能单腿跳跃，这样的话，攻城就比较有难度。双方都在城外时，就会进行战斗，战斗的目的就是在推搡和追逐间，使对方悬起的一只腿落下来。而实际上乐趣也正在这里：抢别人地盘不是一件容易的事。

玩这种游戏的人主要是女孩子，而女孩子们在攻城的过程中互相揪扯着要打败对方，场面真的是有些不雅。

踢毽子（俗称“打毽子”）

打毽子的游戏现在还存在着，但已经不太流行。我已经很少看到女孩子们结伴在一起进行打毽子比赛，而在我们的时代，那也是最热门的游戏之一，尤其是冬天。

做毽子的材料有许多种，可以用纸剪成细细的条，扎上铜钱做，也可以用布剪成细条扎起来，但更多的时候，我们都喜欢用漂亮的公鸡毛。最好踢的毽子是用两到三枚铜钱（我们又叫零钱，那时清朝的零钱真多呀！大小都有，没有将它当文物），找一半寸宽结实的布条，在布条上剪一个小洞，把铜钱串起来，然后再扎上鸡毛。做出的毽子好不好踢是十分关键的，所以，不是所有会踢毽子的人都能做出好毽子来。

打毽子的难度相对其他游戏要大一些，有很多小孩子就是玩不好这个。我们那时打毽子并不是像现在的小孩子那样只是站在那里用单腿一下一下地数着数踢，在我们那时，这都是“小儿科”，只有最不会打毽子的人才这样玩。我们打毽子一般都是玩“大踢”，“大踢”是有花样的，根据花样难度来升级。其中一些花样的叫法当时不觉得怎么样，现在想来却是有些古怪。最低一级称为“减”，接下来是“称”，再下面为“啄”，然后还有“悬减”“悬称”“悬啄”，这种打法，是需要悬起一条腿，全靠另一条腿来打花样。最难的可能还是“蛙减”“蛙称”“蛙啄”这一级别，它必须在毽子抛起来后，让一条腿绕过毽子，然后另一条腿玩出花样。高手们往往会几种花样交错起来打，千奇百怪，千变万化，十分有看头。

打毽子的双方人马一般情况下是各分一半，进行比赛，用猜拳的方式决定谁先打谁后打。先打的自然的占有优势，她可以尽情发挥自家一边的强项以及利用对方的弱项，因为后打的一方必须复制先打的一方所设计的全部花样，如果没有高手，是很容易输的，而输了的一方最后必须“进贡”。进贡的方式就是由输方喂毽子，胜方来踢，胜方可以将此毽子东南西北地踢得老远，而输方必须接着这个毽子，否则就得重新喂过。进贡给高手的毽子往往是很麻烦的，她的脚的操作能力特别强，她可以把毽子踢向任何一个无人的空当，以使对她的进贡无限地延续下去。看着输家追着毽子到处乱跑，那种快感真是无词形容。打毽子打到这时，就是高潮，是打毽子人最大的享受。

因为高手和低手的差距往往较大，所以，打毽子时也会出现几个人包打一个人的情况。尽管是以多对少，但顶尖高手多半还是能以一挡十，获得胜利，否则何以被叫作高手？我在少年时代也算是高手之一，但我的同学兼邻居向小平则更加厉害。她打“减”可以连续打二十多个，而打“称”也可以一口气打十多个，交错起来打花样时，她更是可以随心所欲，极其灵活多变。有向小平在场的时候，我们多是联合起来对付她一个人，而一旦向小平不在时，这个高手就是我了。我打“减”倒可以与小平拼上一把，而打“称”以及交错起来打，就打不过她了。这一直是我心中的憾事。

打鳖（音译）

这是武汉话的发音，游戏真正的名字是不是这个，我也不知道，但我们从小就这样叫。“打鳖”需要手脚并用，相互配合。所需工具倒也简单，只需要一个小小的沙袋和一个乒乓球拍，用乒乓球拍把沙袋抛起来，然后手和脚在沙袋落下前玩出各种动作。当然也可以用其他替代品，比方用毽子代替沙袋，将书拆起两个角来替代乒乓球拍，都行，以玩家的方便为主。

“打鳖”由十二个花样组成一套动作，玩的过程也必须一整套一整套动作地打。打完最后一个动作，必须再反着打回来，每个动作的次序不能变，也不能漏，否则就算“完了”。“完了”是术语，即下场。打鳖的十二个动作都有名称，它的叫法非常怪，也不知道始作俑者为谁。玩家一边打，一边嘴上念念有词，这些名称用武汉话说，是为“桥、外、鳖、乘、西、坐、背、乌龙、浇水、地、啪啦死、啪啦外”，一共十二个动作。尽管小时候倒背如流，可是现在无论如何都记不起来倒数第二个动作到底叫什么，问了几个小时候的同学，她们也都记不起来了，只是说仿佛就在嘴边，却说不出来。再问现在的年轻人，他们却表示听也没有听说过这种游戏。唉，原以为我们会老，游戏是不会老的，却没料到，我们还没老起来，而游戏则早已消失得踪影全无。一直到文章写完，大学同学刘道清看了此文后，与他童年的朋友梅明蕾提及此事，梅明蕾脱口而出全套游戏的叫法。刘道清兴奋地打电话告诉我，仿佛是一个特大的喜讯，说是这回绝对不会错。在他们二人的记忆下，我才得以写完那些奇怪的名字。

抓子（又叫“抓麻将”）

抓子的游戏更多的时候是在课间玩。它的工具是一把麻将子和一个小小的沙袋，麻将当然是大人们玩得不要的那些。玩家首先要把麻将随意地撒在桌上，然后将沙袋往高处一抛，利用沙袋在空间下落的那几秒，以手将桌上的麻将玩出花样来。

抓子也是要分好几轮的。第一轮要把随意撒在桌上的麻将全部翻成背面，第二轮要将麻将翻成正面，第三轮，将麻将全部横着立起来，第四轮，再将麻将全部竖起来，第五轮最难，要将麻将先横再竖。每一轮完成后，都要四个四个地把麻将抓起来。抓的时候，不能触动其他麻将，没有接着沙袋，或是触动其他麻将，就得下台。这种游戏不是两军对垒，而是各自为战。可以几个人同时参与，按次序抓就可以了。

这是一个有点难度的游戏，因为沙袋抛出后，眼睛要盯着沙袋何时落下，所以，手上摆弄麻将就要全凭感觉，除了手指要求灵活快捷之外，对桌面上的整个麻将子散开的形势也必须有准确的判断。

拍糖纸

以前的糖纸不像现在这样都是玻璃纸，更多的是纸做的糖纸。拍糖纸是将一张糖纸折成四分之一大，再对折成九十度成L状，然后将一把糖纸撒在桌上，用巴掌在桌上猛拍，以便让L状的糖纸翻过来成“人”状。一人只能拍一下，拍翻过来，就可以赢走那张糖纸。与抓子不同的是，抓子的游戏完成后，麻将还是属于原主人。拍糖纸则不，谁赢走了糖纸，它就归谁所有了，因此，有一点点小赌博的意味。那时，拍烟盒纸也流行过，玩法与拍糖纸几乎一样。

我的印象中，拍糖纸这种游戏只流行过一阵子，大家疯玩了一段时间后，就不玩它了。

打撇撇

“撇撇”的发音肯定是武汉土话。其实打撇撇的游戏在外地也一定有，它很简单，将香烟盒叠成三角状，然后扔在地上，取另一张“撇撇”对着它打，如果把它打翻了面，就赢了。玩这种游戏的主要是男孩子，但也有很多女孩子加入其间。谁手上赢得“撇撇”最多，谁就是“撇撇”王。打撇撇需要技巧，也需要臂力，我记得我小时候打撇撇时，总是打得胳膊酸酸的。

挑棍子

挑棍子比拍糖纸留存的时间似乎久一点。标准的棍子必须是冰棒棍，同样也是将一把冰棒棍撒在桌上，玩家必须手持一根小棍，将撒在桌上的一堆棍子一根一根地收回去。收回的过程中，不能触动任何一根其他的棍子，如果动了，就下台。棍子撒在桌上，常常是架在一堆，挪动一根，便会导致其他的垮下，所以，需要极细心和耐心才能玩好。与拍糖纸相同的是，谁将棍子挑走了，谁就是那棍子的主人。

滴扣子

滴扣子是什么时候兴起的，我已经忘记了。但把用手指将扣子放在眼边、全神贯注朝地下瞄准的动作却那么清晰地印在脑子里，这个游戏最容易让人记忆住的就是玩家的神态。滴扣子首先要在地上画一个圈，然后放几粒扣子在圈内。玩家则用手上的一粒扣子瞄准圈内扣子，再将其落下，砸在圈内的扣子上，如果将圈里的扣子砸到了圈外，就算是赢得了这粒扣子。玩者可以是两人，也可以是好几人，总之最后算总账时，谁的扣子多，谁就是赢家。没扣子时，常常也用小贝壳替代。

斗鸡

玩这种游戏的人更多是男生，而且这种游戏似乎全国的男生都玩过。玩者需要把自己的一只脚抱起来，然后单腿跳动，用被抱起的那只脚的膝盖向有着同样姿态的对方攻击，把对方攻击倒地或是双脚落地，就是赢家。这种游戏玩的人越多越好，有点“群殴”的意味。打到后来，有时会形成几人对一人的局面，但即使剩下最后一人，也要勇猛地斗下去。这种游戏对于一个人意志的锻炼尤其有用。

一场“文化大革命”，使得我们这一代人没有很好地坐在桌前学习文化知识，但它却给了我们大量自由的时间，让我们随心所欲。尤其那些群体游戏，对一个人的成长实在是大有好处。在游戏中我们知道顾全大局，知道相互配合，懂得容忍，学会坚强，经历挫折，也深知纪律和规则。这些玩耍为我们后来走上社会做了很好的人生铺垫。现在想来，没有什么比这些游戏更适合一个人的素质教育了。

“文革”十年是一个漫长的过程，我记得除了上述那些游戏外，我们一些女孩子还常常扎堆在一起雕花（即刻窗花），钩花（用白线钩桌布和茶巾），扎花（将白色透明的塑料布染成各种颜色,然后剪成树叶状,再用线一片一片地扎出花朵来），绣花（除了常见的绣法外，还有十字绣），缠花（用塑料丝缠花做钥匙扣坠什么的），等等。再闲极无聊时，甚至还自己用竹片削一支竹梭，买来一些尼龙丝自织网兜。有好几年，我家用的网兜都是我亲手织的，我母亲常常为此感到十分自豪。只是现在我跟我那成天坐在电脑前打游戏的女儿说起这些事时，她一副理也懒得理的样子，因为所有的这一切对于她来说，都太陌生了。她懒散地说，要网兜做什么？用一次性塑料袋多方便。

现在想来，那真是一个遥远的年代。和现在的小孩子相比，我们的数理化水准比他们差多了，具有现代化智能的玩具一样也没有。可是那么多的游戏时间，却使我们老了之后有无数快乐的回忆。而他们老了之后呢？天天坐在桌前伏案读书以及无日夜地一个人坐在电脑前玩游戏和上网也会有快乐的回忆吗？

一碗热干面

“文化大革命”中，武汉民间有一首歌很为流传，那是知识青年下乡后，根据《我爱祖国的蓝天》的词曲套改的。这是一首怀念武汉热干面的歌，也是我听到过的唯一一首歌颂武汉小吃的歌曲。歌词大致是这样的：“我爱武汉的热干面，二两粮票一毛钱；四季美的汤包鲜又美，老通城豆皮美又鲜；王家的烧饼又大又圆，一口就咬掉一大边。啊——，河南人爱面条，湖南人爱辣椒，要问武汉人爱什么，我爱——武汉的热干面——”

武汉的知识青年们把这首曲调昂扬热烈的《我爱祖国的蓝天》一歌，唱成了一支伤感深浓的《我爱武汉热干面》之歌，把无限乡愁倾注在一碗家乡的热干面中，可见热干面在武汉人心目中的地位。

热干面这种小吃，大约独属武汉是没有错的。在武汉，几乎所有的小吃店甚至单位食堂都有这种热干面卖。武汉人早上外出上班，多喜欢在外面吃早点，武汉人称此为“过早”。而在外面过早的武汉人十之八九都会吃一碗热干面，这并非是武汉人的早点像北京的早餐一样单调乏味，除了大饼油条没别的东西可吃。武汉的早餐相当丰富，但热干面仍然是许多人的首选。这原因之一是因为武汉人的习惯和偏爱，其次也因为热干面价廉物美、委实比较好吃的缘故。

来武汉的外地人只要吃过热干面都也纷然说好吃好吃。记得上大学时，我的一些同学经常去学校邻近的小吃店吃热干面。有一回吃得不太卫生，凡吃者全体拉肚子，成为同学间永久的笑料，可他们肚子一好，仍然还要去吃。为什么？没别的原因，就是好吃，而且便宜。二两热干面只需一毛钱，如果要吃三两的话也就再加五分，人人都吃得起。毕业后，同学都分配在全国各地，可这些离开武汉的同学，一见面说起武汉，总也免不了要说热干面，说时还会情不自禁地咂着嘴：好想再吃一碗热干面啊！而但凡人来武汉，一定是要被武汉同学领着去吃一碗热干面。

武汉的热干面起源于何时，据说还真有案可查。相传上世纪 30 年代，有个卖熟食的小贩，因脖子上长了一个肉瘤，于是大家都管他叫李包。李包住在汉口长堤街关帝庙一带，每天挑着担子摇着“拨浪鼓”出去叫卖他的凉粉和汤面。有一个大热天，生意不是太好，叫卖了一天，回家担子里还有许多剩面，李包怕面条放馊，便将它煮了一下，然后晾在案板上。操作过程中，他不小心将一壶麻油打翻在案板，麻油全都浸进面条里。李包无奈，只好将麻油索性搅匀，然后用扇子扇凉。第二天他卖面时，便将这浸了油的面在热水里烫上一烫，捞起来，再加些佐料，卖给顾客。没想到他的食客们竟是觉得好吃得不得了，纷然购买，买时便问这是什么面。李包万没料到有如此结果，来不及细想面名，脱口而出：热干面。殊不知，他这样随口叫出的一声“热干面”，从此成了武汉市最著名的风味小吃。

热干面的做法，直到今天仍沿用李包当年因错误而创造的程序，先将面煮熟，然后用油拌好，摊凉，最好晾上一夜。待顾客吃时，将面在沸水锅里烫一烫，滤去水分，然后配上各种佐料，麻油、榨菜、姜葱、辣椒之类，这可以按各人做面的风格和食客的饮食习惯而定。但其中最重要的是必须放芝麻酱，热干面里如果不放芝麻酱，武汉人就不会承认它是一碗真正的热干面。一些热干面爱好者说，吃的就是芝麻酱面条。

因为热干面的大受欢迎，武汉开始出现专门的热干面馆，其中以 30 年代末在满春路口开张的“蔡林记”热干面馆最为出名。武汉的老人只要提及起热干面立马就会说出“蔡林记”三个字。

蔡林记的由来得从上世纪 20 年代末说起。大约在 1929 年前后，黄陂一个蔡姓年轻人来汉口讨生活，他原本就是挑担卖面的，到了汉口发现热干面很受欢迎，便也做起了热干面。他在满春路选下面馆店面，又请了几个伙计，开始专做热干面生意。他取“集木为林，财源茂盛”之意，将他的面馆取名为“蔡林记”。经营过程中，他对热干面做了些改良，比方放虾皮、肉丁、胡椒面等等，让热干面的口感更好。来吃面者，大多不富裕，吃饭以吃饱为上，所以他对每碗面的量都给得特别足，一时间大受欢迎。生意兴隆后，蔡林记扩大门面且迁至汉口最为繁华的地带——武汉水塔对面。人们都说蔡林记的热干面色泽金黄而油亮，面条细柔而有韧劲，气息喷香而味道鲜美。更有狂热者说：不吃蔡林记的热干面就等于没来过武汉——此话是否太过，另当别论。

70 年代末，我曾经专门跑去蔡林记吃过一次热干面，当时面馆里人极多，服务员态度又不好，我并没有吃出它比别处热干面高明之处。及至 80 年代，我又因故去江汉路，为节时省钱，再一次吃了蔡林记的热干面，那次的印象几乎同十年前一样，只觉得人更多而服务员的态度更坏，热干面好吃的程度一如无名的小店。从此我不信蔡林记，并且觉得照蔡林记这样的水平继续做下去，武汉人没有谁还会信他的牌子。于是再吃热干面时，几乎都不记得武汉有个名牌热干面馆，招待朋友吃热干面时，也只说武汉的热干面，却从不提因热干面而著名的蔡林记。

前几年，武汉市老城区改造，蔡林记面馆被指令拆迁。知此事时，我以为蔡林记的热干面不过尔尔，并未得到武汉市民的格外厚爱，它的存在与否对于武汉人来说远不如老通城重要。为此，拆除它也不过是小事一桩。殊不知这事竟在武汉市民中引起强烈的反响，就仿佛有人要存心砸了他们祖传名牌似的，许多人都纷纷上书，奋起捍卫蔡林记热干面馆。我这才明白来自久远的名牌店家，虽说业已经营得很不出色，完全不能满足市民的需求，但它的在武汉人心目中的地位却是根深蒂固，不可以动摇的。这些人或许仅仅只吃过热干面而并未吃过蔡林记的热干面，或许去吃过而吃完后的心情并未得到满足，但却仍然为着蔡林记的命运四处奔波，摇旗呐喊。对于他们来说，我想，所要保护的恐怕不只是一个老牌子的面馆，而是想要通过蔡林记保留一份城市固有的风格和传统，以及为自己留存一份对往事的怀想。

蔡林记终于在诸多武汉市民的努力下，又重新开张了。想必它不至于辜负人们对它的期望和人们为它付出的努力。因为蔡林记有此经历，我计划再去吃一次，但愿蔡林记的热干面能如传说中那么好吃。

还要说的是，武汉热干面的价格已经涨了10—20倍，如果进了高级饭店，恐怕百倍于以往的价钱也不足为奇。只是这些地方的热干面已全然“贵族化”——调料的洋化和粤化，同李包的热干面是形似而非神似，为地道的老武汉人所不喜。

一切都是亲切的怀念

一、南京爷爷

南京爷爷在我心目中永远是一副慈眉善目的样子。我最后一次见到他时才四岁，那是1959年的夏天，已经在武汉定居的父亲和母亲利用暑假之便，带我和三个哥哥回南京探望爷爷和婆婆。那时爷爷一家还住在晒布场五号，因为父亲从没有提及过我的祖父，故而我小时候都一直以为南京爷爷就是我的爷爷。及至许多年后，才晓得南京爷爷汪辟疆是我祖父的哥哥，而我的祖父汪国镇则在很久以前即被日本人杀死了。

我出生的那年父母和南京爷爷住在一起。后因家中人多房少，我们一家租住进爷爷隔壁的房子晒布场二号，那是著名诗人、哲学家宗白华先生家，南京爷爷与宗先生当时皆为南京大学的教授。对于南京爷爷，我所知道得实在是太少太少，爷爷死的时候，我才上小学四年级，其时正值“文革”前夕。此后，大家都生活在“文革”的波谲云诡之中，做父母的想起自已祖辈的成分便战战兢兢，又何曾敢对儿女们谈起往事？所以，我除了知道爷爷是一个有名的教授，出过一本《唐人小说》的书，毛笔字写得非常之好并且是用左手书写而外，其他的几乎全都不知。直到我上了大学之后，才从母亲嘴里略知一二，而更多的内容，却是从堂姐令美提供的资料中获悉。

南京爷爷1887年出生于江西彭泽县黄花坂老湾汪村。彭泽是一个有着悠久文化传统的地方，最著名的传说便是陶渊明不愿为五斗米折腰而辞去了彭泽县令之职。汪家从安徽迁去江西后，到爷爷这一辈已不知是第十几代传人。据说家乡的族谱上把每一代的来龙去脉都记得很清楚，只是我们远在异乡一无所知而已。在彭泽这块土地上，汪家祖祖辈辈出了不少的读书人，据说有一个祖先还中过状元，彭泽县志上亦记载过此事。

南京爷爷五岁开始读书，因其秉性聪慧，能过目不忘，深为塾师喜爱。20世纪初，他的父亲际虞公到河南做官，便带他去了身边，同去的还有他的弟弟，也就是我的爷爷汪国镇。南京爷爷在十七岁时考入了河南客籍高等学堂，并于二十一岁时毕业于此。次年便被保送北京京师大学堂，他的弟弟汪国镇亦在京师大学堂读书，但我不知道他们兄弟二人是否同年入学，所知的只是南京爷爷在那里专攻中国文史。据说学校图书馆有许多世间不传秘本，明清禁书尤其之多，南京爷爷在那里研读不忍释手，曾写了六七本阅读笔记。这一段历史，作为后人的我们，相距的确是太遥远，南京爷爷在这期间有过什么样的轶事，我想现在恐怕也没人知道。

南京爷爷毕业后曾一度去上海，在上海他结识了不少文人朋友，像苏曼殊这样的诗人，南京爷爷也都有过交往。后因他的父亲去世，回家守制三年。想必在这三年中，南京爷爷读尽了家藏书籍，否则他又是怎样度过那一千多个寂寞岁月呢？三年后，他到南昌省立二中做国文教员，然后又在熊育锡创办的江西心远大学做文科主任。1925年，南京爷爷因校事再度进京，因了章士钊的坚留，在北京教授女子大学。之后的一段岁月，他又因第四中山大学之聘，而至南京，教授目录学、诗歌史等课。此后，他就一直留在了南京，而学校几易其名，即为现在的南京大学。南京爷爷在这里一待便是三十八年之久，一直到他去世。

在我的印象中，南京爷爷有一头短硬短硬的白发，常抑扬顿挫地用他变了味的乡音唱诗。在南大期间，听说，爷爷经常与黄侃、汪东、王伯沆、胡小石等诸多教授一起，登高望远，饮酒赋诗。我曾经读过程千帆先生写的一篇文章，其中便说到他们这群教授当年的“文酒登临之乐”。其中一回，有七位先生去鸡鸣寺集会，一时兴起，意欲作诗，却苦于没带笔墨，于是便找鸡鸣寺和尚讨得一支破笔，在两张毛边纸上挥笔写就，每人四句，联成一诗，为《豁蒙楼联句》，此诗至今仍被收藏。读着这样的雅事，想象当时书生意气之情景，又是何等令我等后辈俗人羡慕！

1957年我离开南京时，浑然不知南京人事，但1959年父母带我回南京看望爷爷时，我才对爷爷和爷爷的家留下了印象。爷爷在南京的房子当时有三层楼，爷爷住在一楼，他的房间和婆婆的房间门对门。爷爷总是坐在侧门口，每当我路过那里，他便抬起腿一伸，在门口架起一道栏，不让我进门，直到我急得意欲放声悲哭时，他才哈哈大笑着收回他的腿。爷爷管我叫小妹，他浓厚的江西口音使得这“小妹”二字变成了“肖妹”。爷爷每天要喝牛奶，我的小哥哥自小嘴馋，总是到他的房间想要讨牛奶喝，而爷爷却故意逗他，偏不给他喝，只给我和我二哥喝。有一天小哥哥忍无可忍，一怒之下摔了爷爷的碗，爷爷立即像个小孩子一样叫了起来：“赔我的宝碗！赔我的宝碗！”我的小哥哥听说这是宝碗，便如同犯了天大的错误一样，脸都吓白了。这件事，后来是我家里谈起南京爷爷来，常常要提的事，大家总是说小哥哥还欠着爷爷的一只碗。

南京爷爷虽是父亲的伯父，但父亲对南京爷爷有着情同父子的感情。或因为父亲在上海读书常去南京之故，也或许是因为祖父去世过早父亲以南京爷爷家为己家之故，总之父亲的生活里充满了南京爷爷的烙印。父亲喜欢古典文学，常同南京爷爷信来信往谈诗论词，爷爷亦经常开出书目甚至亲自寄书来指导父亲的阅读。爷爷编写的《唐人小说》，父亲读过好多遍，书上布满了他阅读时勾勒的红线以及他做的眉批。每当我和小哥哥吵着要父亲讲故事时，父亲便把唐人小说里的故事一个一个地讲给我们听。讲完都要说，这是爷爷《唐人小说》里的。因了父亲这句话和他讲述的那些有趣的故事，《唐人小说》便成为我最早阅读的古典文学作品。

有一年，爷爷中了风，半身偏瘫，但他仍然坚持著书立说。右手不能写字，便用左手写，他用左手写出来的字同样潇洒漂亮。他给父亲的信后总是落有“方湖左笔”四个字。父亲常常在家说爷爷这样一个老年人，人都中了风，却还这样坚持不懈地读书学习，而且用左手练出那么一笔好字，这得什么样的毅力才能做到呵。父亲说这些话时总是感慨万千，然后便要求我们当以南京爷爷为榜样。爷爷坚韧不拔的精神，真是不知不觉地影响了我们的一生。

南京爷爷同父亲有过许多通信，信都是毛笔所写，“文革”期间，父亲把这些信装进麻袋，藏在厕所的顶上，这使它们逃过了“文革”的劫难。这些信我大多都读过，小时并不觉得如何，成人后便能感觉到信中满是爷爷的纯真善良。

大约是1962年，南京修路，晒布场爷爷自家的房子要拆了，国家拟另盖一栋房子给爷爷一家居住。这期间，爷爷一家必须住一段时间的过渡房，等新房盖好再迁入进去。对于爷爷这样一个大家庭，这是件很麻烦的事，但是我在爷爷给父亲的信中，看不到爷爷有半点的怨言，倒是满纸的欢欣。一信说：“我近时已经移寓南大宿舍鼓楼四条巷二十六号，晒布场五号之屋因东海路开辟已经拆去，非但我屋即宗白华与前王晓湘熊纯如汤用彤宅都已让出。将来此路为沪宁之第一条最新最美之大马路，当与北京媲美可断言也。”还建的新房选好地皮后，南京爷爷又在信中如是说：“新宅已在峨眉路正式动工，其地左玄武右鸡笼（即北极阁），前林后岗，风景极佳，适宜住家，较之珍珠河旧宅更为优胜。”

因为父亲是上海交大土木建设专业毕业，在新房修建期间，爷爷便希望父亲能去看看房子的结构情况。父亲便专程去了一趟南京，父亲认为新房比之老房子结构合理，更适宜于居家生活。后来爷爷搬入新宅后，果然甚觉满意。爷爷在来信中说：“我自问无德于人，年来蒙党与政府格外照顾，又不能稍竭绵薄替人民有所尽力，居之有愧，真不知如何来报答也。”这是一种什么样的真诚呵。

爷爷的新房子是一栋二层西式带花园的楼房。据说 60 年代时，爷爷做政协委员，因中风半身不遂，好几次小组讨论会都在那栋小楼里召开，“补白大王”郑逸梅在《文汇报》上写过《汪辟疆筑屋峨眉岭》一文。但是在爷爷去世三十年之后，他的房子却在近年被强行拆除，既不属于市政扩路建设，也非重点工程需要，仅仅只是一家区房地产公司要建一栋商品楼而已。伯父汪越曾多方呼吁，希望能将这栋私宅保留下来，但却未能成功。坐落在峨眉路上爷爷的那栋小楼从此在这个世界上消失，这大概是九泉之下的爷爷无论如何也想不到的。倘能想到，他又该是何等的痛心。

南京爷爷死于1966年初，有幸逃过“文革”一劫。听堂兄堂姐们说丧事办得很是隆重，到处都堆着花圈。只是1972年我去南京，亲戚们带我去雨花台望江坡公墓为爷爷扫墓时，已经想见不到当年的隆重之景了。爷爷坟头的石碑被造反的南京大学的学生砸倒在路边，一捧黄土覆盖了爷爷慈祥的面容。我们再也见不到他的容颜，亦听不见他的声音，只是在我们的心里，爷爷却是永远活着的。

二、祖父之死

前几日收到远在南通的五叔来信，说是祖父的学生们为了纪念祖父被害五十七年，欲在9月开一个纪念会，并为祖父出一本纪念册和立一座碑。这消息十分令我感动。我想，一介书生的祖父，虽然没有做出惊天动地的伟业，但时隔五十七年，人们仍然那么深刻地将他铭记于心，缅怀他和敬仰他，全然是因为他的人格和气节。可见，无论人事如何变化，世风如何肤浅，那些崇高的精神最终都是人类所崇拜和追寻的。

我的祖父早年毕业于京师大学堂（即现在的北京大学），他学的是英文专业。像当时的许多知识分子一样，因深受教育救国思想的影响，毕业后，祖父便放弃了一切可能获取功名利禄的机会而回到江西老家，他做了当时南昌二中的一名中学教员。在教学中，一度他也潜心学问，出了三部专著：《经学概论》《文字学概论》和《中国文学史》（上下册）。抗日战争的爆发，惊醒了祖父的教育救国梦和学问梦。他每日皆痛心疾首，在课堂上大讲岳飞以及讲精忠报国之类，痛斥逃跑主义，极力鼓吹以抗为战。讲至激昂时，往往捶胸顿足，仰天长啸，令一帮学生大为震动。

1937 年，战火从北方迅猛地烧到了南方，日本人打到了江西。祖父所在的学校举校迁移至江西清江永泰镇，祖父却放弃了随校同迁，他拎着简单的行李，只身回到家乡，相伴而行的是深深的亡国之恨。在家乡，他甚至试图组织抗日，但终究因他只是一介儒生，只能做些演说而无法弄动刀枪。1938 年 7 月 1 日，日本人打到了祖父的家乡，当祖父同乡里一群老弱一起往山里避难时，途中与日本鬼子相遇。在此关键时刻，祖父挺身而出，对日本鬼子说："这些都是老弱妇孺，你们不能对他们施行强暴。"祖父说完，恐翻译不如实转达，便又用英语说了一遍。祖父一口流畅的英语，使日本鬼子很为惊讶，于是他们要带走祖父。祖父指着他的乡亲们说除非放过他们，日本人意在请祖父出面替他们安民，为此他们放走了众乡亲而独独带走了祖父。

初始，日本人了解到祖父是教师，于是加以礼遇，送上食物，并让军医为祖父洗敷伤口，然后便要求由祖父出面来为他们维持当地公路的治安。祖父自是不会做日本人的傀儡，在庭讯中，祖父索取笔纸，当场写下“匹夫不能为国拒敌，有死而已”的文字，之后，他便闭上眼睛，既不说话也不进食。不多久，外面有枪声响起，祖父知是我国的正规军在反攻，突然振奋而起，高声道：这是中国人民的枪声，你等不久即会做大陆之鬼也。祖父的言行终于激怒了日本鬼子，鬼子头目率先拔刀直刺祖父面部，当即刺穿左眼，血流如注。随之几个日本鬼子一拥而上，用乱刀刺杀，导致胸腹全穿，头颅尽碎，死状惨不忍睹。斯时的祖父，才刚刚进入五十矣。

祖父英勇殉国的过程，被另一名被俘的乡亲亲眼所见，待他逃出来声泪俱下地向人们讲述祖父之死况时，闻者皆泣不成声。祖父的英雄气概和民族气节，一时间被到处传扬。正是因为祖父的死，令当时好几个亲戚愤而投笔从戎，加入抗日之中。在《江西省通志·上·汪国镇传》中记有：“其殉难事迹经省教厅呈报江西省政府转呈国府，褒题‘义烈千秋’匾额一方，以赐其家。”

祖父的精神，是我们这个家庭永远的财富，而祖父之惨死，则又是我们这个家庭永远的伤痛。数十年后，父亲又因这伤痛的迸发而早逝。对于我们，这是一笔永难忘记的血债。

三、父亲总在梦中

我一直都想为父亲做一篇好好的文字，但却一直没有能够。我不知道应该怎么写才能表达出我对父亲的全部感受。在父亲去世后的年头里，他常常在我梦中出现，初始总是他一个人，待母亲去世后，他便时同母亲一起到来。父亲仍然像他活着时那样，或是咪咪笑着跟我说话，或是严肃着面孔想他自己的事情。这使我时常觉得梦境便是我们同另外一个世界沟通的渠道，否则梦中的父亲怎么能那么栩栩如生？

父亲去世时，我刚满十八岁，是一个高中二年级的学生。因为父亲去世得十分突然，也因为当时的自己年轻幼稚，故而从来也没有向父亲了解过有关我们一家过去详细的家庭情况。后来因为我上了大学中文系，并且开始写起了小说，不由得对自己的家世留了点心。我开始有意识地了解祖父以及父亲当年的故事，亲戚和朋友们，也都陆续地向我提供了为数不多的资料，这使得我多少对父亲的身世有了点了解。曾经我就我所知的祖父与父亲写了一篇名为《祖父在父亲心中》的小说，其中大部分的事都是真实发生过的。我本人很喜欢这部小说，许多真正的知识分子也表示过非常喜欢这部小说。而那小说，便是我对祖父和父亲的一种纪念。

我的父亲是祖父的长子，因为自小会读书而深得祖父的喜爱。大约受他的父亲和伯父影响的缘故，父亲的国文和英文成绩尤其之好。1933 年父亲考大学时，他同时报考了清华大学、上海交大和武汉大学。不料在考清华时，父亲英文和国文两门课的考号同他的一个中学同学互调了，而这两门恰恰是他的强项。清华虽然也录取了，但名次颇后，父亲一怒之下放弃了清华而选择了交大。从父亲所有的照片上看来，在交大读书期间，父亲是极其快乐而自由的。他除了喜欢摄影外，还喜欢体育，他对足球、排球以及乒乓球都甚为爱好，尤其喜欢游泳，所以父亲的身体一直十分健壮。在我的印象中，几乎没有见过父亲生病。1935 年上海学生支持北京“一二·九”运动在上海市政府广场举行示威游行，父亲所在的江西同乡会的会长代表学生发言，质问上海市市长为何不出兵抗日，父亲也参加了那一次的示威。他参加的革命活动恐怕只此一次，他始终都只是一个爱国者，年轻时是爱国学生，年长了也只是一个爱国人士，他对政治毫无兴趣，对政治的理解也甚是幼稚无知。他到底都只是一介书生。

1937 年 6 月，父亲大学毕业，他先在南京等待分配，因七七事变，局势紧张，他便回到老家彭泽。那时回彭泽度暑假的学生很多，父亲的一个亲戚名叫王业纯（他是我母亲的二姐夫，后赴延安学习，分至山东，并在山东牺牲）发起组织一个彭泽旅外同学会，一则做抗日宣传，一则联络乡间感情。父亲被推为理事长，他们天天讨论下乡宣传抗日问题，但却总是空谈多，措施少。不久学校开学，父亲的工作也得到分配，这个同学会也不了了之。这大约也是父亲仅有的一点社会活动历史。

1937 年 11 月父亲被分配到衡阳湘桂铁路工程处，斯时母亲亦由九江儒励女中毕业。父亲最先的一个女朋友并不是母亲，那是他在大学间，家里为他定的一门亲，对方的小姐姓柯。初始父亲并没有表示强烈的反对，对那柯小姐印象也不算差。因为父母在世时，母亲常笑他送过一支钢笔给柯家小姐。说是送笔时，父亲的弟弟们都围着看热闹，父亲不好意思，一声声地喝着“去去去”而将他们都赶开了。母亲笑父亲时，父亲总是哈哈地大笑一通。父亲是在一个夏天回家乡过暑假时，遇到了那时正在九江名为儒励女中的教会学校读书的母亲。母亲的美丽活泼一下子吸引了父亲，父亲便立即开始了对母亲的追求。同样也由外祖父做主并已与表兄定了亲的母亲对于“海派”气十足且又知识渊博、十分会玩的父亲亦一见钟情，两人便联手开始了他们的“抗婚运动”。因为祖父的通达和母亲家外祖父的开明，经过一段时间的拉锯战后，这事也算有了个圆满的结局。最有趣的是，与父亲解除婚约的柯小姐后来嫁给了与母亲解除婚姻的她的表兄。整个抗婚过程和有趣的结局，是父亲和母亲在家里常常说笑的话题。

父亲与母亲结婚后便一起去了衡阳。半年之后，五叔便为父亲带去了祖父惨遭杀害的消息。在五叔投奔父亲前夕，也就是祖父被杀害的前一天，祖父曾让五叔带给父亲一封信。写那封信时，祖父居住的村庄正混乱成一片，人们都在四处逃亡。而祖父的信中却没有半点恐慌，他像一个宁静不过慈祥不过的父亲一样，在信中对他的长子只是详细地交代了两点：一是工作中一定要廉洁，如有公款经手，万不可挪用；二是支持和帮助弟弟继续完全学业。这封信便是祖父对父亲的最后遗言，这种人格的力量，影响了父亲的一生。

父亲在衡阳工作一段时间后，又到了云南叙昆铁路、滇缅铁路、滇缅公路等处工作。整个抗战期间，他几乎都待在云南。1944 年滇缅公路油管工程处为配合美国工兵而铺设一条来自印度的军用油管以解决战时汽油供应问题，父亲由工程处被派到云南驿去负责安装油库和铺设油管工作。因为工作缘故，父亲认识了美国工兵中的一些官兵，其中有个叫白伦第的美国人，毕业于耶鲁大学土木系，因与父亲学的是同行，关系便相处得十分要好，工作之余也颇多来往。日本投降后，白伦第回了国，但父亲同他仍然信来信往。白伦第的父亲在美国也是个著名的工程师，亦曾给父亲写过信，且寄过些技术方面的书，这样的交往一直到新中国成立前夕。这原本是父亲的私人朋友，也没什么人知道的，但在1955年的“肃反”运动中，父亲坦诚地将此作了交代并连信件一起交给了组织审查。从那以后，同美国人通信在历次运动中都是父亲的罪行之一。虽然父亲同白伦第只是朋友间的书信往来，父亲却为排除美蒋特务之嫌而写了无数的报告，吃了数不清的苦头。这让现在和将来的人看起来，真正是一个笑话，远在美国的白伦第倘在人世，若知此事真不知会怎样目瞪口呆。父亲同白伦第一起照过很多照片，也在1966年一把火焚烧了个干净，连一张都没有留下。

抗战胜利后，父亲终于回到了南京。父亲在原来同事的介绍下，进了交通部材料试验所工作，那期间父亲读了许多进步书籍。父亲是一个不懂政治的人，他一直认为日本人之所以打进中国，是蒋介石政府引进来的，以至于他的父亲被杀，家园被毁。他对蒋介石政府有一种痛恨感，希望它早日垮台，而共产党坚持抗日，打垮了日本鬼子，令父亲觉得这是帮他雪国耻报家仇，从而对共产党有了特别的感情，认定只有共产党才能最终救中国。所以，当父亲所在的材料试验所拟往台湾撤退时，父亲不惜同他的同事闹翻而坚决留在了南京。解放军进城的那天，父亲同诸多市民一起涌上街头，欢迎解放军进城。解放军纪律严明，爱惜百姓，给父亲留下深刻印象。故而父亲连夜写了文章，表述他的心情，这篇文章登在了当时的《新华日报》上。

新中国成立后，从铁道部调到水电部的父亲被分到了长江下游局工作，一度担任土壤钻探队队长，长期跑外业。在外业队搞钻探非常辛苦，但常常吃力不讨好，提薪升职时，内业的人很容易评上，而外业的人却相对艰难。有一些比父亲资历和年龄都低的人因在内业，倒被提到父亲的前面去了，父亲自是满心的不服。以父亲这样的性格，不服气也不会到处跟人倾诉，于是他把自己的感受都写在了日记里。用父亲的话说，他是用“自己同自己谈的方式，来控制自己的情绪，稳定自己的心情”。但父亲有时却难免情绪偏激，写出“不干外业了，宁可回南京拉三轮车去”之类的话。这些话后来都进入的父亲的档案。父亲写日记已成无法改去的习惯，他积下的几十本日记都成为别人每次整父亲的最好武器。历次运动它们都要被交上去受审，许多地方都被做了不少圈点。父亲一方面叫我们坚决不要写日记，一方面自己还是一往无前地记下去。只是父亲后来的日记简单得只有时间天气和此日做了何事来过何人这一点点东西了，没有任何议论，亦没有任何情绪，就好似一个人没有了血肉，只剩得一副空空的骨头架子。这种方式一直持续到父亲猝死的前日。在父亲逝世那天，我撕下了当天的日历，并将之贴在父亲日记的末页，就仿佛是为父亲的日记画上一个永远的句号。

1955 年，父亲所在的长江下游局迁至武汉。父亲便也随之调到武汉，父亲所在的单位叫作长江流域规划办公室，简称长办。1957年，长办盖了宿舍，我们全家也就从南京搬了过来。父亲在长办施工处做工程师，他在那里度过了1957年的反右，1966年的“文革”。他的心情和脾气都在一天天地变坏，他无法跟人倾诉他真实的想法，便把所有的不愉快归咎为武汉这个地方。几乎每一天他都会忍不住骂几句武汉，或是骂这里的天气，或是骂这里的环境，或是骂这里的人，总而言之，武汉的一切都令他不喜欢。他无法回到他所喜欢的南京，他只能在怀想中叹息：南京是如何如何好。——想到在那种岁月里的父亲，我就觉得不是几行字可以写得清楚的。

没等“文革”结束，他便猝然而去。那是1973年的9月2日，他死在武汉长江电影院的二楼楼梯口。他在下楼时，一失足摔了下去，从此便再也没有醒过来。他这一跤，使我对这个残酷的夏日黄昏铭心刻骨。

为出“红罂粟”丛书之“影集”本而整理父亲的照片，我顺着岁月寻找他当年的影像。我看到他的外貌一天天地衰老，亦看到了他的心在以更快的速度衰老着。

唉，无情的何止是岁月。

娘舅大于天

娘舅大于天，这是我舅舅经常挂在口边上的一句话。

舅舅是我母亲唯一的弟弟，也是母亲的张家唯一的男孩子。舅舅上面有三个姐姐，他两岁不到便丧母，六岁左右又丧父，尔后同他的三个姐姐一起被接到湖口的外公家生活。因为父母双亡，舅舅既为张家传宗接代唯一之人，又因年龄最小的缘故，所以他自小就被外公外婆以及三个姐姐宠爱。于是，舅舅的任性和脾气大也就很好理解了。

虽则是在大家的呵护下生活，可舅舅的一生也算是不幸的了。因为无父无母，纵是外祖家再怎么疼爱，也依然是一种无家的感觉。舅舅不像他的三个姐姐，嫁出去，就可以安宁。舅舅是男儿，是男儿就得自己为自己立一个家，为此舅舅一有年龄便外出求学以及谋生。以我所知，舅舅自小娇生惯养，并无多少独立生活的能力，要他吃大苦来成就什么事业也是不大可能的。舅舅在外漂泊多年，终是没见有多大出息，后来舅舅就结了婚。

新中国成立后，舅舅同舅母一起到了南京，在南京参加了华东军政大学的培训。以后分配到西安，曾一度在西安市府工作，眼见得提拔在望，却不料又一跟头跌下来。为的什么事，我还真不清楚。这之后舅舅就调到了西安体委。舅舅年轻时英俊洒脱，非常爱玩，也很会玩。他不仅文章写得漂亮，字也写得龙飞凤舞，一拿稿费就唤一帮朋友上馆子喝酒吃饭打打麻将。因素有公子哥派头，只要手上有钱，无论谁找他借，他都是有求必应，甚至也不去记把钱都借给谁了。那时舅舅的朋友多极了。只是在他倒霉时，曾经有过的朋友们便都消失得剩不下几个。舅舅说对于世态炎凉他何止是尝了尝，简直是被灌饱了。

因舅母一直没有生育，舅舅没有子女。我母亲对张家无后这一点颇耿耿于怀，于是同舅舅商议，母亲将我的小哥哥送给了舅舅当儿子。那是1962年秋，我小哥刚上小学二年级。大人们便骗他说他本是舅舅的儿子，因为舅舅和舅母忙，所以寄养在我家的。小哥哥相信了，下了户口改了姓，高高兴兴地跟舅舅去了西安。但是我的大哥和二哥心里却是不服：分明是我们的弟弟，怎么要给舅舅呢？于是在一次暑假，由舅舅出钱接他们两人去西安玩时，他们趁舅舅上班之际，把这底细全都告诉了我小哥。所谓“真相大白”，我小哥开始萌发“重返家园”的念头。终于在1966年初，因为诸种原因，母亲又把小哥哥接了回来。

最意想不到的是，小哥哥刚接回武汉，便开始了“文化大革命”。像舅舅这样成分和经历的人是造反派们想都不用想便可树起来的靶子。于是舅舅在1966年“文革”开始不久便被没收了所有财产同舅母一齐被押送回了老家，这事传到武汉，母亲真正是出了一把冷汗，因为再晚一点接回小哥，小哥也就难逃这一劫了。那时的母亲还真不知怎么对父亲交代呢。

舅舅和舅母从西安押返江西，途经武汉，必须滞留一天，舅舅和舅母便被关押在武汉著名的球场街五号监狱之中，那里距我们的家坐车只要十几分钟，然而我们谁也不知道。

舅舅和舅母到了乡下后，因极少体力劳动，也不会干什么农活，生活自是十分困难。但有一笔他们意想不到的钱，竟帮他们度过了最为艰难的时日。那是我小哥在舅舅家时，舅舅每月要给他点零用钱，小哥哥便把这些钱连同他在校的吃饭钱都积攒了起来以他的名字存进银行，一共是二百四十二元。这在当时也还是笔不小的数字。小哥回武汉，这笔钱没带回家，说是留待以后考上西安交大时再用。这是小哥当年很想去的一所大学。造反派在舅舅家大抄家时，没收了舅舅所有的财产以及存款，唯有这一笔钱，舅舅说：这是我外甥的，你们不能拿。造反派无话可说，于是留了下来。这笔小哥在几年中省吃俭用存下来的钱，成了舅舅和舅母在乡下好几年的活命钱。舅舅说就仿佛是冥冥之中安排好了小哥偿还他四年的养育之恩似的。

舅舅舅母在乡下几乎一待便有十三年。他们没有孩子，全靠自己生存，靠乡亲帮助，其生活之艰难可想而知。也有亲戚翻脸不认，令要强的舅舅自尊心大大受挫。倒是我母亲时而地寄上一点钱去资助他们。父亲虽说有一份在当时也算不错的工作，但毕竟养着没有工作的妻子和正分别上着小学、初中、高中和大学的四个孩子，家境无论如何也不算富裕。母亲为免使父亲万一不悦，每次都悄悄地寄钱给舅舅。舅舅和舅母同我母亲的感情最好，舅舅总是给母亲写很长的信，而且写得很勤。对于母亲的几个孩子，舅舅也都当作自己的儿女一样。我们哪个上了大学，舅舅那边便欢呼雀跃，又是送笔送表又是寄钱，当作天大的喜事来办。

细细想来，舅舅这一生也是不顺之极。在感情上，他少小便失双亲，老来无子无女，从未享受过多少天伦之乐。在事业上，他不断受挫，坎坷一生，受尽屈辱，以致百病缠身，所能支撑他生活下去的是舅母如影随形、无微不至的照料。舅舅是一个几无独立生活能力的人，他不会也不愿做任何家务事。他在家全然一副大老爷派头，除了看报听收音机等，便是同朋友聊天和打牌。煮饭洗衣买菜之类，舅舅是绝不沾边的，就连脚都常是舅母帮忙来洗。据我所知，即使在他们最困难的时候，人被赶到乡下进行改造，舅舅也仍然保持这一派头。舅母的这一生，可谓是伺候了舅舅一生。

舅舅最怕的人是我的父亲。舅舅在他境况好时，每来我家都西装革履，神气得不行，让我们一帮小孩都极佩服他。可他一见到我父亲，便有如老鼠见猫，吓得不行，连话都不敢放开来说。而我父亲也的确总是一脸严肃不过的样子，甚至不正眼看舅舅一眼。记得有一次在舅舅走后，我和哥哥们当着父亲和母亲的面，笑说舅舅见了父亲时的神态，并提出“舅舅为什么怕爸爸”这个问题，父亲笑而不答。母亲却说在你们爸爸眼里舅舅不务正业，是个纨绔子弟。而在我父亲去世后，我也问过舅舅：为什么你那么怕我父亲呢？舅舅说：我哪里是怕，我是尊敬他哩。其实我知道，舅舅同我父亲完全是两种不同类型的人。无论为人，还是处世，都不一样，甚至连玩法都全然不同。

舅舅在乡下度过了漫长的十几年，其间也被叫回西安平反过，但最终解脱出来则已是 1979 年的事了。1981 年我还是个大学生时，尤爱一个人背着行囊出门旅行。我到了西安，便住在舅舅家里。舅舅同我谈了许多的往事，舅舅叙述的语气充满着悲凉。少无父母，老无子嗣其实是他内心的伤痛，而连绵的运动又断送了他事业的前程。待他觉得有机会可以施展一下自己的抱负时，他一生中最好的时光却都已经过去了。我听后也深觉伤感，却又不知该如何安慰舅舅。舅舅的故事，也得是一部长篇小说才能写出来的。

以后他就一直待在西安体委，隔三岔五地寻医看病，时而也参与些民主党派的社会活动。他好像是民革党的。舅舅病死于 1991 年冬天，那年他刚七十。死时像他活着时一样有着一言难尽的痛苦。舅舅名叫张养真，江西省彭泽县人。

表兄

前不久，我的哥哥告诉我我们的大表兄得了脑癌，已经住进了医院，我听时只觉得心里"咯噔"了一下，却并没有什么特别的难受。听说这消息没过几天，便又传来表兄已经去世了的话。因为我同表兄既没有在一起生活过，亦没有很多的交往，所以我觉得我不会把那消息当回事的，不料静夜时分，表兄的死却不断地干扰着我的睡意，我终于因之而失眠。我想我的失眠绝不仅是血浓于水的亲缘关系，而是因了表兄的一生。

表兄的乳名叫曾欢，他是我母亲大姐的长子。记得母亲过去常说他脑子极其聪明，什么东西都一学就会。我没有表兄小时候的印象，因为在我记事的时候，表兄就已经是个成年人了。但是我在父亲的照相簿里见过表兄小时候在家中花园里的一张相片，那时的表兄的确是一脸的机灵，一脸的淘气。表兄的童年想必很快乐自在。表兄的曾祖父也就是我的老外公杨赓笙是国民党元老，曾与李烈钧一起策划和参与"二次讨袁"并因撰写了著名的《讨袁檄文》而名满天下，后又做过江西民政厅厅长等官。表兄的父亲是他的长房长孙。因是大家族，妻妾成群，所以四代同堂不足为奇。据说表兄的父亲当时在赣州，跟蒋经国在一起，亦有官有职的，算是"太子党"的人。他的母亲也就是我的大姨妈是一个极其精明能干的女性，主管着整个大家庭的事务，风度和气势都如贾府中的王熙凤。在这样有钱有势的家里，自家且又聪明过人，作为长子的表兄自然也一如别的公子哥一样很有几分倨傲与骄狂。

只是上天赐予表兄自命不凡的时间并不太长。当表兄还正是一个青年，正欲有所发展的时候，整个社会的大变故打断了他认为的正常的人生进程。他的父亲在一天悄然消失——渡过海峡去了台湾，他的整个大家庭连同他的母亲全部被扫地出门，一度间为了生存，他的母亲不得不居破庙而沿街乞讨。阶级与阶级之间的激烈较量，却将较量中的所有的苦难都交给了如表兄一样的家属，表兄便只能扼杀掉自己所有的鸿鹄之志而挑起他作为长子的责任。落在他肩膀上的担子，一头是家庭——母亲和众多的弟妹，一头便是痛苦——地主兼国民党军官的儿子。在这样的家庭背景，这样的社会关系中，纵然表兄再有才华，他又能做什么呢？又有谁肯让他做什么呢？所以，当我认识表兄的时候，他已是一个其貌不扬、气质萎靡但心中却满是酸辛的中年人，并且当时他的一个弟弟已经失踪了。

我的母亲是一个非常看重兄弟姐妹感情的人，所以哪怕在最艰难最严酷的年代里，母亲也从来没有放弃接济她的两个因家庭背景而吃尽苦头的姐姐。母亲和她的姐姐的照片曾以“张家三姊妹”为题作为新女性形象在报纸上登过。母亲说她的大姐那时是何等的出众、美丽、练达而又坚强。我见过大姨娘的许多照片，我对母亲的说法深信不疑。只是在我懂事的时候，大姨娘早已提前结束了她的华彩岁月而成为一个地道的乡下婆子。这样的大起大落对于曾经喧嚣和繁华过的大姨娘有着怎样的创痛和悲凉，我并不知道，因为我从来也没有见过她，而耳边听到关于她的情况也不过是一个农妇庸常不过的生活起居。她没有熬过“文革”，既没有福气听到她丈夫在海外的消息，也没有福气消费她丈夫后来寄回的美元，自然就更谈不上白发相聚。因为大姨娘的去世，大姨父虽然在故乡儿女成群，却至今也没有回来过一次。

表兄到武汉我的家里来过好几次，但我却只留下了一次印象。那是 1972 年 9 月，表兄家里生活贫困得引起了生存问题，于是他奔来武汉。这座城市里有许多他的亲戚，他想若能东家给一点西家给一点总能解决一点问题。可他来得实在一点也不是时候——他在我的父亲突然去世的第二天出现在我家。那时的表兄黑瘦黑瘦，沧桑满脸的样子。他发呆地望着我们这个家庭的不幸，心里明白沉浸在极度悲痛中的我们一家，没有谁能去为他分担什么。所以在泣声不断的我母亲面前他没有多说什么，第二天他就过江去寻找其他亲人。

表兄选择了他最不该去找他的亲戚的时间。在那个畸形的年代，以表兄这样的背景，这样的身份，他只能是一个不合时宜的人。亲戚们人人自危，又有谁敢于或者能够顾及他的头上？他费尽周折找到他的姑姑（新中国成立后他就同她一家失去了联系），然而他受到的接待是在姑姑家的门外坐了一个多小时，隔着纱门望着里面过来过去的人影双泪长流并且心痛欲绝。他跑了一天，他没有见到任何人，且在过江的时候仅有的一点路费又被小偷摸走。他再度回到我家的时候真是悲愤莫名，那种痛苦的神情真让我一辈子都难以忘记。或许是为了报复小偷，也或许是为了发泄自己，次日他将一张报纸叠得厚厚的然后塞在裤子口袋中，照头一天的路线又去坐船。果然又有小偷的手伸进了他的口袋，有如守株待兔的表兄一把便抓住了那小偷，而且不由分说地将他痛打了一顿。回来再对我们说这事时，似乎心气已平了许多。我的母亲见他这样，便给了他一点钱让他回家了，我听见母亲说：我们现在也要穷了，恐怕以后也接济不了什么。表兄流着泪，说：您在这样的时候，有这一点也足让我记一辈子了。从那以后，我就再也没有见过表兄。不久就听说他的母亲即我的大姨娘贫病而死，又听说他自己摆了个小铺子，靠了这个养活家人。我不知道当他每天坐在他的小铺子里会不会怀想当年，如果想了，他的心情又当如何？

再过了一些年，成分问题渐渐不那么重要了，可表兄却也老了，没有能力再去做什么奋斗。不多久，他的父亲同他们联系上了。大姨父的信在他所有的亲戚中传了几个月也传到我们手上，那信上自是满纸乡愁的悲凉。此后，大姨父便以一个愧疚满心的父亲身份，不断地给他的儿女们寄钱，钱自是寄在他的长子也就是表兄手上；此后，我们便也不断地听到表兄的弟兄们为钱分配不公而互生龌龊的消息；此后，表兄同他的姑姑也终于相认，彼此都达成了谅解。表兄的姑姑为弥补当年的内疚不断地将自己千辛万苦积攒的一点钱往乡下表兄他们那儿——几乎是一个无底洞里邮寄，而表兄来武汉便也不再到我家里来了，虽然我母亲是他的三姨这个事实并没有改变。听到表兄做了他们县的政协委员消息时，我们已经同表兄没有任何往来了。

几年前我的母亲因病去世，表兄这个亲戚也就从我们的生活里完全消失，连提到他的人都没有了。直到我听说他得了脑癌才突然又感到了他的存在，直到听说了他的死，为了他的死我写下这篇文章，表兄的样子才一次又一次地出现在我的脑海里。

我想表兄他一生承受了他不该承受的命运，太大的人生落差和人生变化使他无以平衡自己，以至于他活得如此艰难和猥琐。我相信即使是在他死前，他原先如同镌刻在脸上的那种悲愤情绪也不会完全消失，因为，他死得太早了，他能够像正常人一样可以随意表现自己、可以蔑视别人的日子毕竟刚开头不久。

父亲的影集

父亲20世纪30年代，在上海交大土木工程系读书。大学毕业前夕，学校组织了一次春假毕业旅行，由上海—杭州—南昌—武汉—北京—天津—南京—上海，南北纵横，四千余里，沿途参观游览。父亲在出发前一个星期，跑上街买了个照相机，便持着这台照相机做了随团的摄影师。由此开始，摄影爱好便伴随了他一生。父亲后来将他们这次毕业旅行一路所拍的照片编成一本影集，正面贴着照片，反面则是当时所做日记。每张相片的下面，又加有文字说明或题记。比方在列车开行时所拍的“浙赣路上”的一组乡村风光，父亲在照片旁边写着：“青青的山弯曲的流水，一望无际的麦垄……”；在陶然亭所拍赛金花的坟墓照片，父亲在照片下写着：“这是一代名妓赛金花的埋骨所，只有那古老的城墙和枯树伴她在晨风中叹息。”父亲的艺术感觉极好，气质又偏浪漫，故而影集中无论文字说明和照片编排都很是讲究。边看照片边阅读时年二十二岁的父亲所记录的30年代大学生的种种趣事，真是兴味无穷。这是父亲所有影集中我最为喜欢的一册。

父亲的影集先有五本，都编排得很细致，内容十分广泛。那里不仅有父亲为他诸多亲人和朋友所拍摄的照片，不仅有他所旅游过的风景名胜，还有他工作中一些项目的建设过程。甚至还有父亲的恶作剧。记得有一张照片是一男一女两人的背影，小的时候我们看照片，不解父亲何故拍人家的背影。父亲便笑说，他一个同事跟一女子谈恋爱，却死活不肯承认，父亲和另几个朋友便探听得同事约会时间，悄然跟在其后，拍下了这张“证据”。那同事后来面对他们的询问仍然否认自己有女朋友时，父亲便拿出了这张照片，一时让那同事看得目瞪口呆。父亲说起这种往事，总是大笑得自己不能自制。

父亲的影集为我们留下了丰富的往事，几乎每张照片都有着一个有趣的故事。在外地工作的哥哥们每年回家，大家都要把相片拿出来从头到尾地翻看一遍。在我们家，这就是最大的精神享受，这个享受是可以让一家人坐在一起共同分享的。亲戚们乃至邻居们到我家来玩也总爱讨要我家的相片本看。对于他们，纵然看到的大多是陌生的面孔，却因能从照片的背景上体味到诸多往日的气息，追怀旧日，虽与自己无关，可那又何尝不是一种快乐？

“文化大革命”中，为了不致招惹麻烦，已经被浪一样一波一波而来的运动整治得异常胆小的父亲决定焚烧掉照片。焚烧照片的事是父亲和上中学的哥哥一起干的，很多珍贵的照片都在那一把火中燃为灰烬。父亲脸色发灰，母亲心疼不已。我记得他们在楼梯口的墙角里焚烧，一把一把地将照片往火里扔。

因为焚烧时间颇长，以至那个墙角多年都一直黑乎乎的。现在想来是何等可惜！

父亲最珍爱的东西莫过于他的这些摄影作品了。尽管烧了许多，剩下来重新编排好的仍然有几大本。后来在搜家时它们终于被人全部搜去。所幸的是几年后，这些照片竟然又物归原主，除了一些可值怀疑的照片上不知被谁做了些记号外，余则皆未遭到毁坏。记得父亲抱回影集的那天，他一边上楼一边连喊带叫着，兴奋之情震动全楼。父亲当日即令我去街上买几本新影集回来，他声称要把未曾整理的相片全都整理出来。我积极执行父命，立即出了门，一下子买回两本。只是父亲对我的欣赏眼光大为看不起。父亲历来追求影集的高档精美，而我却买了两本样式很为简易的影集，这使得父亲每次整理时都要叹上几口气。

便是正在整理这两本影集的日子里，父亲在一天突然去世。这两本影集就再也没有整理完。

家里经父亲整理的影集一共有六本半。两个家族的故事和一代知识分子的命运在这六本相册中若隐若现。对于我来说，这就是财富了。

有些人总也难忘

为什么你的脸上满是忧伤

1966年，我父亲的单位贴出了一张告示，公布了一批必须退出“富余”住房者的名单。我父亲的名字也在其中。其实那时我家住房连厨房带卫生间也不足80平方米，一家男女居住并不宽敞，但告示已出，想不退房也不行。所以，只好退了。退房后，何伯伯一家就搬到了我们隔壁，与我家门挨着门，共用厨房和厕所，就像现在的团结户一样。

刚搬来时，何伯伯并不在家，只有何妈妈和他家的小儿子何承治住在这里。因为都在同一单位，所以我们很快就知道：何伯伯是勘测处的现行反革命加历史反革命分子，已下派到外业队。记得乍听这消息时，我大大地吃了一惊。

何家有六个儿女，其中两个在新疆，另外三个也都没住在家。何妈妈是个很风趣的人，喜欢读书，又很会烧菜，两家人虽然一起共用厨房厕所，却相处得非常融洽。他们家儿女回来没有地方住时，便到我家来挤；而我母亲有时外出就让我在何家吃饭，真有一种亲如一家的味道。但何伯伯却是很少很少回家。何家人中，我最后见到的人就是他。只是从我第一次见到何伯伯起，就觉得何伯伯脸上始终有一种淡淡的哀容。

邻居做久了，我渐渐地了解到何伯伯一生的经历。这是很让一个旁观者觉得惨痛不已的经历。何伯伯 30 年代毕业于北京大学，学的是地质，曾经做过李四光的学生，后来成为地质工程师。因要修建三峡，被作为高级人才专程请来武汉工作。我见过何伯伯年轻时的照片，英俊潇洒，并且脸上颇有几分傲气，与我后来认识的何伯伯在气质上有着天壤之别。大约在 50 年代末，残酷的政治运动，使何伯伯从他人生的高峰一直跌到低谷，谁也没有弄清他被弄成这样到底是什么原因。他被下放到外业勘测队，从此便在那里的伙房里烧火做饭，一直到他退休。

退休后的何伯伯，沉默寡言，在很长的时间里，见什么人都客客气气，点头哈腰，就连我们这些小孩子，倘若相遇，他也是忙不迭地让路。无论旁人说什么，他都会温和地附和，仿佛已成习惯。在我成人后，一想起当年何伯伯的样子，就觉得“改造”这两个字实在是可怕。因为何妈妈身体不好，何伯伯承担了所有的家务事情，煮饭买菜倒垃圾，他什么事都会做。除了他温文尔雅的说话外，你从他其他方面很难想象得到他当年曾经是中国最著名学府的毕业生，更难想到他曾是一个颇有建树的高级工程师。

但更惨痛的事情并没有结束。何妈妈在何伯伯退休没多久便一病而去，因了何伯伯的问题而负气去了新疆的何家二哥也接着病逝。二哥的死，何伯伯哭得非常伤心。因为二哥是何家非常出色的一个儿子。他长得很帅，多才多艺，学习又好，却因了何伯伯的问题，他没能上成大学，愤走新疆。哭泣时的何伯伯一定是把儿子的早逝归咎到自己的身上，这或许是何伯伯一生伤痛中最大的一痛。

以后，何伯伯就同小儿子何承治住在一起，帮他做家务和带孩子。不知什么时候起，何伯伯开始写书，那一定是他当年就想要写的学术论著。他每天在做完家务之后，便趴在桌前不停地写呀写，有时还跑到远远的图书馆查找资料。一天又一天，一年又一年，在极其艰难的条件下，何伯伯仍然坚持著书不停，真可谓耗尽心血。有一天，何伯伯终于把书写完，可是……可是……又有哪家出版社会出版这样一本书呢？

何伯伯终于因病住进了医院。那时我已搬家，很难同何伯伯见一次面。住院期间，何伯伯很想见我，何承治便专门给我打了个电话，于是我急急忙忙地赶去医院。那天何伯伯精神很好，但他已经不能说什么话了。见到我，他的脸上露出一点点笑容，但只一会儿，便又回到他以前满是忧伤的表情，这是在很多年里我看熟悉的表情。那副表情令人难以忘怀，也令我不停地自问：是什么原因使一个有才华的知识分子一生充满痛苦和悲伤呢？究竟有什么了不得的事情，非要让一个人付出他一生的生命来作为代价呢？

何伯伯用心血写成的那本书，像何伯伯的命运一样悲哀：它无声无息地躺在某个角落里，恐怕永无出版之日。

一个人失去了尊严怎么办？

在“文化大革命”的中后期，我们房子旁边的墙根下盖了一间平房。房子十分狭小简陋，冬天极寒夏天极热。许叔叔和许婶婶就搬进了那里。他们没有孩子，房子勉强可住。每天上午，许叔叔便拖着一辆垃圾车，摇着一支铜铃，开始在宿舍扫地和收集垃圾。他和许婶婶负责着我们整个宿舍的清洁卫生。印象中许叔叔的蓝外套已经发白了，上面打着些补丁。他常常面无表情，很少与人讲话，更不曾见他笑过，仿佛他只知道做事，其他一切都再与他无关。

然而我知道，曾经很英武很洒脱也很热情的许叔叔是我父亲所在单位的工程师。比起我父亲这些人，他要年轻得多。正是因为年轻，青春洋溢，置身于一个老牌知识分子成堆的地方，便很容易地成为火热运动中的激进分子。隐约听说许叔叔似乎还做过一个群众组织的小头目。只是，人们都说他站错了队。

在那样一个年代，何为对何为错，我们到现在也弄不清楚，但是许叔叔却因了这个缘故，被人从舒适的办公室中赶了出来，成为宿舍大院里每天垂眉低头缄默而不语的清洁工。他的旧日同事或天天与他擦肩而过，或提着垃圾桶去他的身边倒一桶垃圾。虽然彼此间都不说什么，没有白眼也没有讽刺，但对于许叔叔来说，那仍然是无比难堪的场景，是个根本没有自尊的时刻。一个人这样活着，需要怎样坚强的意志才能撑得下去呢？屈辱地活着并不是件容易的事。

比许叔叔脆弱或者说比许叔叔更自尊的是他的亲哥哥许伯伯。许伯伯也是工程师，他的资格自然比许叔叔更老一些，他的地位也要高于许叔叔很多。许伯伯一家在我们宿舍非常受人尊敬，因为许妈妈是一个待人格外亲切的老师，还因为他们家所有的小孩全都是大学生。这样的家庭在当时并不多见。许伯伯和许叔叔两兄弟同住一个宿舍区，当许叔叔每天拖着垃圾车沉重地从许伯伯家门口走过时，许伯伯心里将会有着什么样的感受呢？是伤痛？还是无奈？这一点只有许伯伯自己知道。

“文革”对于许伯伯这样的人，自然也不会轻易放过。有一天，许伯伯也被关了起来。因为那时候我毕竟还小，并不知道为什么关他，记得的只是那时有很多人都是关在办公大楼的地下室。那地方阴暗潮湿，不见天日。人在其中，与囚犯无二，自由与尊严都一起被人剥夺。许伯伯自然也在其间。与其他人不同的是，许伯伯以自己生命为代价进行了反抗。一时间宿舍里遍传许伯伯畏罪自杀的消息，说许伯伯被关前就把刀片放在帽子里，带了进去，然后割脉自杀。许伯伯割的是哪个部位，我吓得连问也没敢问。所幸许伯伯并没有因此而丧生，他被人及时发现，送到了机关医院。经过抢救，他活了过来。对于许妈妈和儿女们，这自是件天大的幸事，但对于决意去死的许伯伯自己呢？很难说是不是好事了。有一天，我从医院门口过，偶然地看到了那里贴着许妈妈率儿女们写的感谢信，感谢党感谢领导感谢医院救了许伯伯。看时心里竟有一种十分异样的感觉，那张贴在墙上的红纸感谢信便久久地留在了我的记忆里。很多年之后，我又一次从那医院门口过，脑子里还浮出感谢信的样子。突然间，我就想，不知道当时的许伯伯是不是也怀有这样的感谢，不知道许妈妈写这份感谢信时心里又是怀着怎样的伤痛和酸楚。

我父亲说，一个人最怕被剥夺的不是财富不是地位不是身份甚至连家庭都不是，而是他的尊严，把这个丧失掉了，他活着又会有什么意义呢？我并不认为我父亲这话说得多么对，但我却记住了它，同时也记住了许叔叔没有表情的面孔和贴在医院门口那张大红纸感谢信。

善良一生难道就会真有善报？

花伯伯家同我家是世交。这个交情一直得追溯到我母亲上中学的时候，花伯伯的妻子静湘阿姨是我母亲二姐的同学。当我母亲去九江教会学校儒励女中读书时，母亲的二姐便将我母亲托付给了静湘阿姨。这大约是六十年前的事情。自此后，我母亲同静湘阿姨的友谊一直延续着，直到母亲去世。因为静湘阿姨的缘故，多少年来，花家对于我家来说，就如同一门亲戚。

在我见过的人中，再也没有比花伯伯脾气更好的了。我几乎从来就没有见他生过气，他哪怕跟最不讲道理的人或最顽劣的小孩说话也都是笑意满面，轻言细语。尤其对小孩，不论哪家的，在花伯伯眼里，都是自己的孩子，他在他们中间，脸上总会由衷地露出欢喜之情，然后从口袋里摸出一把糖来。记得60年代末，花伯伯带我上街，我难得出门一次，出去了便满街乱窜，花伯伯便跟在我后面在人群里跑来跑去，不阻止我也不批评我，仿佛随了我的意也是他最大的乐趣。这件事给了我极深的印象，当时甚至想到要是大人都像花伯伯这样多好呵。花伯伯对小孩的热爱，不分任何等级，也没有任何止境。或许是因为花伯伯是天主教徒的缘故。

花伯伯年轻时曾经在日本学医，回国后就当了医生。抗战期间，我父母在昆明时，花家也在那里，花伯伯开了一家诊所。常常有些穷苦的病人看病没钱，花伯伯便不收费。这且不说，还经常地把自己口袋里的钱拿出来让病人拿去买药。我母亲常说，花伯伯这个人心肠最好了。

我家和花家有着不解的缘分。我父母离开昆明后，几经周折，搬到了南京，而花家竟也在南京；尔后，我父亲又因工作调动到武汉，此时的花家也在我家之前先迁来了武汉。两家大人坐在一起时，就常常奇怪，说是职业又不相同，事先也没约好，怎么一走就走到了一起，竟一连走了三座城市，不晓得是什么缘故。在武汉几十年中，花家几乎是我家唯一可以走动的亲戚——其实，我们与花家半点血缘关系都没有。

但在 1957 年，善良的好脾气的花伯伯竟被打成了右派，从此花家便生活在阴影之中。花伯伯被打右派的原因，似是因为花伯伯喜欢写一些普及卫生常识的小文章。如果说这一类的小文章也能对国家造成伤害，真正是让当今人笑掉大牙。然而花伯伯却因了它们断送了自己的一生：他再也没有当医生的资格了，他的生活内容只剩下了“改造”。“改造”这两个字，对于中国知识分子，有着一言难尽的内涵。在这只庞大的“改造”大军里，花伯伯同大家一样，只能低头认罪，唯命是从。

60 年代末，花伯伯被安排在医院里负责挂号。虽然这样的事不应该由花伯伯这样的人来做，但被改造过的花伯伯竟也没有半句怨言。他带着他永远的笑容和谦和，很敬业很认真地做这份简单得不必有任何医学知识即可以做的工作，认真得让你觉得这个人怎么就这么天真呢？等到70年代，花伯伯终于等来了平反的一天，但他却已经老了，而且很快就得了病。所有他应该得到的东西比方房子比方级别，都因了这“老”而不再有他的一份。老而病弱的花伯伯在床上躺了七年，一家人就始终住在两间很小很小的房子里，用着公共的厨房和厕所，很痛苦也很无奈。

我最后一次见到花伯伯时，他已经不能开口说话。那是我在一次出差的前夕，我想我应该去看看花伯伯，所以就去了。他依然静静地躺在床上，表情木然。那是一种让人格外心痛的表情。正是那天，我离开后几分钟，花伯伯便离世而去。当我出差回来再去花家时，便只看到了花伯伯的一份遗嘱。遗嘱上写着要把自己的尸体给医院留作解剖用，还写着他的丧葬费和抚恤金不必发了，请用那些钱买点糖果给幼儿园的小孩子们吃。读着那份遗嘱，我心里有些难过，也有些茫然，我想象花伯伯这样的人，他对他生活的这个世界是怀着怎样的一副慈悲情怀呢？为什么生活那样恶对于他，他却永远以善来回敬生活？

中国有句老话，叫作“善有善报”，我曾经对这句话深怀敬意。然而，当我看到了花伯伯的善良却又坎坷的一生的经历，便觉得生活给我们的感受和书本给我们的道理，相距十分遥远。

甚至对一些生活理念产生怀疑：人一生总是善良是不是就真的很对？

人格的力量无法抗拒

我父亲所在单位叫长江流域规划办公室，简称叫“长办”。父亲常说它是全世界最大的一个办公室，它的下面有职工好几千人。长办是专门治理长江的。葛洲坝工程，三峡工程以及长江上许多水电站，都是他们设计的。长办的主任叫林一山，他是个级别很高的领导，我们小时候听说在湖北只有当时的省委书记王任重可以同他一比。而且还听说周总理和毛主席都特别欣赏他。一度传言毛主席曾表示不想干主席，想要跟他一起去修三峡。这当然是大领导对属下的一句玩笑话，可林一山却因了这样一些趣事，在整个长办都颇有传奇色彩。

“文化革命”开始后，林一山受到冲击是自然的。记得那时我们宿舍院子里的红墙上到处都用墨汁写着“打倒013！”，我先不知道这些数字是什么意思，经我小哥指点，方恍然：013就是林一山。小哥还告诉我说，林一山有一只手受过伤，大字报说是他因当叛徒而受伤的。这个信息令我吃了一惊，于是想到爸爸竟在一个当过叛徒的领导下做事，真是有着万分的委屈。那时我是一个小学四年级的学生，有强烈的爱憎感，但却不懂得对与错。

长办有一个俱乐部叫长江俱乐部，绿色琉璃瓦屋顶，乳黄色的外墙，很漂亮很典雅，是我们很喜欢去的地方。长办所有的庆典都在那里举行，理所当然，“文革”中所有的批判大会也都在那里召开。1966年的一天，长江俱乐部开会批判林一山。虽然林一山是叛徒的说法流传很广，但他在我们小孩子的心里始终有一种神秘感，我们想看看他到底是个什么样子的欲望很是强烈。于是我和几个同伴决定去看这场批判会。

长江俱乐部的看门人因我们是职工的孩子故而对我们并不严加看管。我们很轻易地混在大人堆里看开会。对于我们这个年龄的人来说，这种会议自然毫无趣味。而且林一山坐在台下的第一排位置上，我们根本都看不见他。我们盼来盼去，才好容易盼到了休场。大人们纷然出去透气，林一山却仍然坐在那里。

我们跑到他的跟前，看见他正在一个小本上记录着什么。他的手果然是受过伤的。我挤上前去说：“你的手是当叛徒时受伤的吗？”林一山抬起头，严肃地说：“不是，我是跟日本人打仗时受的伤。”我说：“你骗人。”林一山说：“我从来都不骗人！”我没来得及问后面的话，便被其他孩子挤到了一边。

回家后，我告诉父亲。父亲感慨万千，说林一山这个人是个硬骨头，他不像别的领导人那样为权宜之计从头到尾都认错。他始终很强硬，始终坚持自己的观点，他从不承认他在执行资产阶级路线。父亲过去并不喜欢林一山这个人，可在“文革”中他却对林一山的傲骨表示了极大的钦佩。因为像林一山那样不管你怎么批我斗我都坚持自己观点的做派，是父亲这类软弱的知识分子们想做而不敢的。

后来我们就听说林一山被关进了大楼的地下室——那个阴暗潮湿不见天日的地方。再后来我们又听说被囚的林一山竟找看守讨得一些沙子，然后利用遗弃在地下室的水泥和那里面长流不断的阴水，一捧一捧地筑起了一条小小的挡水坝。这件事是怎么传出来的，我并不清楚，但它足以让所有听说过的人都产生万分的感动。为一个人不垮的意志感动，为一个人不屈的精神感动，为一个人永不放弃的追求感动，更为一个人永远坚守的人格感动。

以后，父亲去世了，我也离开了长办的宿舍大院。可每当我想起少年往事时，总会想起在长江俱乐部的我站在第一排座位前质问林一山的情景，想起林一山认真的对答。虽然从那以后，我再也没有见到过林一山，但有关他的传说和父亲的感叹一直都以一种不可抗拒的力量悄然地影响着我的世界观和我的生活。

第三辑

日志闲话

怀念朴素，怀念简单，怀念纯粹。

似乎在这些怀念中，可将那些后庭花的声音抛得远远。

昨天夜里

方方注：2006年，在新浪编辑动员下，开了博客。开始也满兴致勃勃，隔几天但写一段文字，很随意轻松。其实博客正是如此，写下的文字可以无拘无束，像闲扯一样。因为不以发表为目的，而只当自己好玩，说闲话，所以也没有什么推敲。既无人审内容，也没有人催时间。想到哪写到哪，不想写了，立即打住。这就给了我这样自由散漫的人以极大的自由。在相当长的一段时间内，我甚至特别喜欢写博客。就这样，写了两三年。突然有一天，就厌倦了，然后从此不写。不写的时间，大约也有两三年了。

2006年4月13日

昨天夜里，冷雨凄风不停。

站在汉口解放大道上业已四十七年的武汉商场大楼被原地爆破。通过图片，看到它歪倒下去的形象。

心里有些伤感，就仿佛一个自己极熟的人，突然过世。

好多年前，我工作的省电视台就在它的对面，而我居住的房子，却正坐落于它的背后。

我一天好几趟斜穿它的一楼卖场，去到台里上班。

然后像蚂蚁一样，从这里驮去各种东西，堆成我在它身后的那个家。

没事的时候，就楼上楼下地在里面闲逛，拿它当自己的后花园。

对它的熟悉程度，以至它任何一个柜台的变化，任何一个新品的推出，我都知道。

现在，它却被炸得粉身碎骨。

说是危房了。但愿它真的就是危房，这样我心里会舒服一点。

更早些年，它隔壁的武汉展览馆也说是危房。不及我们回神，就在巨响中坍塌。

喷泉和沉着舒展的楼群，一夜间成了废墟。后来听说其实另有黑幕。

这个地方曾是武汉人凝聚精神的中心，大游行大聚会都会从这里开始，又由这里结束。

黑幕下的巨响带给武汉人深刻的痛楚，我相信这份痛一直会到永远。

因为，数年后在此废墟上建起的武汉会展中心，与武汉人热爱的展览馆无法相比，小气和杂乱得让人生气，也让人无奈。

没办法，应了一个高人的话：好的不去，赖的不来。

唉！这座城市不断地拆着旧屋，建着新房。好是好看了，但也的确陌生了。

我在汉口那边住了近三十年，竟常常不识道路，不知地名。

而我自己，童年少年青年三个时代生活的宿舍区，也早已面目全非，没有了一处让我熟悉的痕迹。

有一天，同哥哥一起回去了一趟。去过之后，就知道，我们再也回不去了。

还有一天，路过长春街，同学老道指着一处地方对大家说，我以前就住在这里。

老道手指之处，全无人迹，不久前也被拆成一塌糊涂的断垣残壁。

于是心里就有些发酸，暗想如果去到外地，有了乡愁，我们要把它寄放在哪里呢？

倘若我要寻根，又该往何处去寻呢？

时间流去不过一二十年，自己曾有的根枝须蔓几乎全都被清除一净。

这时便觉得，做一个城市里的人其实就是做了一个无根的浮萍。

这时便觉得，生在乡下就好了，无论如何，都能找到自己的那间老屋。就算老屋翻盖了，也能找到门前那棵熟悉的大树和屋后熟悉的菜园。最起码，村头的小河和池塘的水，都会像以前一样亲切地照着自己的面容，村子里的七大姑八大姨都知道自己是从哪里出来，又到哪里去了。从他们的嘴里，还可以听到父母甚至祖父母年轻时的轶事。

我在这座城市生活了四十几年，差不多已成本地土著。

要命的是，我在这里居住的时间越长，这城市于我却越加陌生。

现在，与我最熟的这幢大楼也被炸掉，据说会有一幢非常漂亮的新楼在原地屹立起来。

这或许是好事，或许也不见得。无论如何，于我都不再亲切。

所幸这城市派头大，它还有长江汉水，还有东湖南湖，还有龟蛇珞珈，还有武大华工，以及满街硬朗的汉腔，有这样一些大坐标存在，多年之后，灵魂回来寻捡自己的脚印，纵是迷了路径，但总还能识认大体的方向。

闲话：银鱼和虫，还有设定

2006 年 4 月 19 日

中午给女儿做银鱼炒鸡蛋。洗银鱼时，洁白而柔软的银鱼在我手里像一条条小虫。

突然就起念，对女儿说，当初如果古人在银鱼和虫子之间选择了虫子，说银鱼这家伙恶心，你说我们现在是吃虫子还是吃银鱼？

女儿说，吃虫子。

我说，这就意味着，银鱼和虫子本来是一样的，但是最先吃它们的古人却说它们一个可爱另一个恶心。其实我们并不真的知道它们哪个应该恶心哪个应该可爱。我们现在爱吃什么和讨厌什么，都是古人替我们做的选择。

女儿说，说是这么说，不过还是虫子恶心。

我说，你的这个恶心感，并不是出自你真正的本能。你现在的本能是被古人改造过的本能，因为你一生下来，就认定虫子讨厌银鱼好吃。如果当年他们选择吃虫子，在你不懂事时，我就给你吃虫子，现在你恶心的一定会是银鱼。

女儿一副懒得跟我抬杠的派头，说反正我是不会吃虫子的。

我当然也不会吃！我甚至比她更怕虫子。

对我来说，虫子掉到衣领上，比老鼠爬到身上更加可怕。

我的这个怕感，一定是来自于我的母亲。是她教给我的怕与不怕，我把这些信息又传达给了我的女儿。

一代又一代，都是这么下来的，都是这么认定的，都觉得里面的是与非不必去辨。

其实我们永远都是生活在别人的设定中。这是早期人类的一个预谋。

倒过几千年去想，觉得这预谋多少有些阴险：比方有个人是卖银鱼的。

仿佛是一超大的行为艺术，可能他们只是随意，不料却操纵了世界。

是设定让我们喜爱或讨厌，让我们亲近或远离，让我们选择或放弃，让我们敌视或赞美。

甚至我们的爱恨情仇，我们的悲欢离合，我们的合纵连横，我们的战争和平，都来自这些设定，或说是被这些设定所左右。

这些设定虽可让世界拥有秩序和规则，但却至少也让我们错失了世界的大半边，那里面无尽的生动和新鲜，丰富和灵逸，永远与我们擦肩而过。

包括有可能特别好吃并且也特别营养的虫子。

从这个意思上说，那些性格怪异、思想另类、行为出格、做派别具的人，我不敢说我都会喜欢，但我一定首先会去欣赏。

敢为人先，并不是件容易的事。敢为人所不敢为，更不会有一颗轻松的心。

吃个银鱼，扯了这么多废话，用女儿常用的话说，真是不怕累。

她不知道，累感也是一个预先设定。

博客可以让人随心所欲，东扯西拉，想到就说，倒是一乐。

话说多了，今天就不贴旧作，显见得已中博客的圈套，前面那个叫蓝月的网友该暗笑了。

雨天读书：山中有高人

2006 年 4 月 24 日

前两天武汉下大雨。雨线组成的巨大水帘，把尘世同我的房间隔绝开来。

大雨击打窗台的声音让屋子里更加安静。

有人说过吗？雨天正是读书天。如果没人说过，我就来说。

于是找一本闲书来读。这时候读的书是不能太俗的，它最好与现世有一点距离。

既然雨帘已然把我与喧嚣且粗痞的现世分离，那么索性就让它们更远一点。

这样就看到了顾随。

顾随的书以前读过，但每次再读都会有新意。

顾随的照片有着老学究的派头，一身中式长袍，面孔也相当古板。

电影里常有的书呆子形象，也差不多就他那个样子。

读顾随的书就是要在这样的时候，在有雨的日子，在心静的日子。

顾随是喜欢辛弃疾的人。这种喜爱甚于苏东坡好多，我有点不服。

他写辛弃疾时，一口一个“辛老子”，或者是“稼轩这老汉”，很是好玩。

他自称自己为“苦水”。点评时，就把自己置身其中，口出妙语，不时令人喷饭。

他让我对辛弃疾有了新的认识。

这个有英雄气概又有诗人情怀的人，的确令人景仰。

我现在也特别喜欢辛老子弃疾，如果排序，他便紧贴在老苏的身后。

顾随对杜甫也十分鼓吹，但是我还是没有被他调起兴致，他说“老杜诗真是气象万千，不但伟大而且崇高”。或许如此。

可我对老杜的热爱始终有些吞吞吐吐。

他显然对李白是有成见的，说“李白才高惜其思想不深”，又说“李白诗豪华而缺乏应有之朴素”。他看是看得很准，并且一语中的，只是我依然喜欢李白。老李那种挟风裹雨浩荡山河的才华，除了叹服还是叹服。

面对他摧枯拉朽席卷天地的狂想，所谓思想惊吓得像暴雨中的燕子，四下飞逃。

顾随喜欢的陶渊明也是我极喜欢的。他说陶渊明时用了这样的文字：“凡抱有寂寞心的人皆好酒，世上无可恋念、皆不合心，不能上眼，故逃之于酒。”

这段话深合我心，虽然我并不爱也不会喝酒。

他又说，我们感伤悲哀，是因为我们看到世事之不得不然，而不知其即自然而然。

但我们并非麻木懈怠，不严肃，而且我们的感情经过理智整理了。

陶盖能把不得不然看成自然而然，这番话说得是何等到位。

他还说：“陶公之流传不朽，不以其伟大，而以其平凡。”如此概括，真叫是好呀！

他对曹操的诗也相当推崇，说：“曹操诗传下来虽不多，但真对得起读者。”

且说“他人都是醉眼蒙眬，曹公永睁着醒眼”。细细想来，可不就是这样？

“月明星稀，乌鹊南飞。绕树三匝，何枝可依？”读这样的诗句，心会跳得厉害。

他将李商隐的《锦瑟》称为“绝响之作”，是诗人之梦。说他是“最能将日常生活加上梦的朦胧的诗人”。是呀，李诗的一句“只是当时已惘然”，让我们多少次“惘然”又“惘然”。

顾随最能用感性语言来评价诗与诗人，食指一点，便直抵神韵。

顾随自己也搞创作，他的作品全然没有那种掉书袋子的味道。

小说写得就很不错了，比那个时代的好些著名作家半点不差。

诗词却更是漂亮。意想不到的感性，风格婉约，伤感深浓。

虽然顾先生自己说伤感最没用，他对字形字意的美与不美也十分讲究。

他并不多在诗词中用典藏典，说事说理，读起来让人觉得生硬。

他诗词中的理，也托身于漂亮的文字，所以我觉得顾随是深知创作之道的。

顾随说他这辈子最想当的是作家，我觉得他真是当得！

顾随对佛学也好有一番研究，这里面学问大而玄，我便没去细读。

他的著述和演录也篇篇精彩，最让我喜欢。

无论讲词议诗，说曲论禅，上天入地，古今中外，旁征博引，妙语迭出，他都能高山流水、小桥人家，扯到天涯海角，收得恰到好处。

读之只让人觉得过瘾过瘾。

他文中的真知灼见，箴言警句到处都是，精到而深刻。

比如："一个大思想家、宗教家之伟大，都有其苦痛，而与常人不同者便是他不借外力来打破。”

又有“文学之好处在于给人印象而不是概念”，看似简单，却全都说在要害处。

他的文字充满了智慧，风趣，是大学者大智者的文笔。

有时甚至搞搞笑，让人从他的行文风格中想见得到他在讲台上手舞足蹈的情状。

有一次偶然读到顾随的诗，觉得惊异，便寻找他的书。

后来搞清出处后，发现此书的责任编辑恰是我的朋友保青。

保青在出版界也是一高人。他出的书品位极高，装帧也都极是雅致。

于是电话前去讨要到这一套四卷本的《顾随文集》。

文集收有顾随诗、词、小说、杂剧、散文、著述、译作、讲录、书信、日记等，内容之多，种类之繁，真让人眼界大开。

保青告诉我，顾随当年有许多“粉丝”。他讲课到哪里，“粉丝”们就追随到哪里。一个人教书教到如此地步，也真是一种境界，令人羡煞。

只是不知现今还有没有人也如此这般地去充当一个教书先生的“粉丝”，当然，也不知现今有没有教书先生无论学问还是人品，都值得让人去热烈追随。

顾随的作品，主要是三四十年代的。以后的也有，但少。时代的痕迹也不可能不留在其中。

像顾随这样的学问人，想要努力跟上政治的时代，也的确费了老大鼻子的力气。

他一生追求纯粹。纯粹的学问，纯粹的文字。

就算在当年口号文学的背景下所写作品，你都能觉出他的讲究。

只是今天读来有点让人发笑。想想，觉得书生真是书生呀！

在此录顾随诗一首：

小桃红

拟煤矿工人春节写给爱人的信？

坐也难安坐；卧也难安卧；到底安排：
完成任务，坚持工作。
便结婚再次延期，又有何不可？

飒飒风镐过，簌簌煤层破；
墨玉乌金，居家饭熟，高炉点火。
我时时念你、念人民；你时时念我。

是不是有些好玩？

注：

昨日武汉大晴。顺手写下一点读感，权当是给博客喂过一餐。

不料贴不完全，只能今日续之。

网友猪头问顾随是不是叶嘉莹的老师，答曰：正是。

很多人并不知道他，所以我写此文也是愿大家一识高人。

蓝调——放松或是即兴

2006年4月27日

今天晚上去了湖北剧场听音乐。

主角是法国蓝调口琴大师让·雅克·米多，一个头发已经白了的男人。

这是一个五人组合的小乐队，高音吉他、电子琴、贝斯和鼓手。

另有中国两个萨克斯手被邀请出场，其中一个是武汉人。

这样的音乐会在武汉还不多见。武汉的舞台多是古典音乐的天下。

所以，今天的剧场不算太满，主持人只好站在台上喊：楼上的干脆都坐下来吧。或者后面的都坐前面来吧。

这时候，你就觉得外地人说武汉人土俗也真是一点没说错。

不过，现场的气氛倒是非常热烈。

在那样的节奏下，武汉人表现出来的兴致，比听古典音乐要高出许多。

米多的口琴真是吹得令人惊叹，如果不是亲眼所见，我会问那声音是口琴发出的吗？

他把口琴别在腰间，像别了许多支短枪，他不停地抽一只出来吹几小节又换一只。状态很是有趣。我想他随身携带的口琴要以十而计才能数清。

他的嘴一定有什么魔力，否则单纯的口琴声怎么会变得如此华丽而绚烂。

这一群人在台上非常松弛。节奏强烈时，他们情不自禁地扭动腰肢，甚至甩胯。

他们激情四射，似乎不是在演给别人看，而是自己在享受着声音。

我有一阵子是喜欢爵士的，喜欢纳京高，还喜欢过比莉·哈乐黛。

于是觉得蓝调与爵士有一种内在相通的东西。不知这东西是否就是他们的放松和即兴。

古典音乐常常把我们的精神提升起来，让我们看到崇高、美丽、庄重抑或优雅，它让我们保持着自己，让我们向高处仰望，让我们不敢有须臾的松懈，让我们跟着它往高贵里去。

而爵士或蓝调则让我们放松，再放松。仿佛说，低下身来，也没什么大不了。

当然，演奏者们自己率先放松着，然后调动着我们情不自禁地追随而去。

我们的身心便跟着他们的旋律和他们的节奏松垮下去，一直垮到根底。

然后我们本能中的感觉，我们日常隐秘的情绪，开始重新蠕动和集结。

音乐便像钓鱼一样，把我们心底深处的秘密，一条一条地钓了出来。

斯时斯刻，所有的旋律，都会有对应的情愫。

或说是所有的心境，都会有对应的乐声。

你若是忧郁的，它便是伤感的，你若是狂野的，它便是激烈的。

你若是愉快的，它便是温暖的，你若是粗痞的，它便是油滑的。

你若是柔弱的，它便是轻软的，你若是平静的，它便是舒缓的。

你若是暧昧的，它便是挑逗的，你若是悲痛的，它便是低沉的。

它不鼓励你，不指导你，不给你压力，不需你发奋，它总是随你，随你，即兴或是放松，或者是让你随它，随它，放松或是即兴。你的心情总能轻易地融化在它的旋律中，它的声音也总能很轻易地覆盖你的心灵。

当你从它那里得到你所想要的（你只要听，便总能得到），你便觉得这一天已然轻松度过。

轻松度过了这一天，在这里说几句闲话。

这些话是放松着说的，也是即兴着说的。

怀念朴素，怀念简单

2006 年 6 月 2 日

昨天晚上去湖北剧场看歌舞剧《家住长江边》。

这部舞剧被命名为大型地域风情舞蹈诗，说是湖北的旅游是“一线五珠”。它的意思是指，一条长江边上的五颗明珠：三峡，神农架，鄂西土家，武当山，洪湖。

于是舞剧便按这五个地方分为五个章节，被称为“五绝”。

形容这样的舞剧，一定要用猛词，否则便难以传神。这些猛词当是：轰轰烈烈，灿烂恢宏，惊心动魄，热情奔放，华丽炫目，声色浩荡等。

应该说比我预计得要好，有些片断相当精彩，有些舞蹈极富想象。

最抢人眼球的是豪华绚烂的布景和服饰。高科技的声光电一起奔上舞台，惊喜之中也有惊吓。音乐很棒，而音响效果更是了得。

据说出马操刀的全是大腕，如此这般，这每一道菜便都是大菜了。

但无论如何，看这样的剧还是需要耐心。

正像每顿吃大菜便必然会怀念形形色色小碟，大餐过后的心情并不都是愉悦。

只有一个舞蹈是两个人跳的，而且还跳得缩手缩脚，毫无舒展，只有一个舞蹈稍稍安静，是一个女儿的“哭嫁”，这是我最喜欢的一个。

其他的全部都是群舞，全部的基调都是热闹，全部的气氛都是热烈。

开始还能激起观者的激情。但激情这东西可以爆发，却不能耐久，结果后面便是闹心。尽管台上不断地变化地点，变化招数，变化风格，但还是给人感觉单调，单调，单调。出门来，听人议论说，好是好，就是太闹。

相信舞蹈跟写文章一样，也是需要有张有弛的，需要有起有落的。

激烈过后需要舒缓，繁华过后需要简单，紧张过后需要松弛，浓郁过后需要清淡。

让人看比两小时更长的集体舞（大多都是几十人），的确很累。

这样的舞蹈，看得到动作，看不到舞姿。这是没有舞者风格的舞蹈。

这样的舞蹈，看得到舞台，看不到演员。这是形式大于内容的舞蹈。

而舞台上的灵魂——舞者自己，倒成了最无足轻重的角色。

美虽然也美，但真是美得空荡，美得无味，美得不让人向往。

就仿佛绿茵球场上没有球星，奥运会没有冠亚军，电视剧没有男女明星，超级女声没有推出李宇春一样，看虽然可以看，可看头又有多少？

所以看完出来后，我对几个熟人说，这个舞蹈诗应该改个名字，它应该叫“大型旅游风情集体舞蹈诗”，似乎更合适。

其实，我最想说的还不是上面这些，说点与舞蹈无关的事。

现在的舞台简直可用“奢华”来形容。

它色彩强烈，珠光闪烁，一派金碧辉煌，流光溢彩。

仿佛不奢华，便不艺术，不奢华过度，便达不到艺术的极致。

我先是想，那些艺术团体一直都穷得叮当响的，怎么突然一夜之间都这么有钱？都排演起豪华的大舞？省里排，市里排，大城市排，小城市排。全国都在排。

仿佛要用真正的歌舞来诠释“歌舞升平”这样的一个词。

而且我更奇怪的是，全国的编导们怎么都想到一起去了？想到用同一类型的歌舞剧来表达本地的文化或风情？想到动辄上百人在舞台上跳进跳出？

有朋友知情，说这当然是上面的指示。并且告诉我，这样一台大剧，少则要花几百万，多则上千万。

我问，这钱谁出？朋友笑我愚蠢，说当然是国家出。自家公司，敢这么做吗？

我已经看过几台如此这般的大剧了。难怪它们大同小异，难怪它们激情如火，难怪它们幸福如意，难怪它们苍白如纸，难怪它们浮华如梦。难怪它们富丽，难怪它们堂皇，难怪它们奢华，难怪它们璀璨。

只是，那都是用钱堆起来的。唉，这些钱或许不需要心疼，多半是专款专用之类。

只是，艺术一定要用如此奢华的方式来表现吗？艺术只能堆在金钱上面吗？

当然，如果富得流油，如此这般奢侈一下，也没什么好说的。

可纵观我们的城市和乡村，人们与表演艺术，相隔多近多远？

表演艺术团体有多么清贫，表演艺术的场地有多破烂，艺术家们自己知道。

用钱堆起来的舞台固然美丽，只是我们现在还没有足够的底气为这美丽挥金如土。

这是一个拿奖牌的时代。拿了金奖就是老大，奖牌代表着成功，代表着政绩，代表着名声和地位，更代表着钱，代表着所有近在咫尺的利益。这些利益足以让人烧心红眼。

艺术于是很难成为艺术，它只能是奖牌的奴隶，是讨得各方面好处的瓦钵。

艺术家也很难成为艺术家，他们只能是长官意志的仆人，他们努力把那只瓦钵端得更高一些。

想想他们也无奈，因为只有从长官手上才可以拿到经费，才能走上舞台，才可以实现自己曾有过的梦想。毕竟，杨丽萍只有一个。

走出剧场，驱车上街。我想是不是我已经老了，看舞蹈的眼光业已过时，想问题的思路也已过时。

突然间，就怀念起戏剧舞台简单的道具，怀念那些写意的动作，怀念那些个性的演员，怀念起当年的乌兰牧骑，怀念乡村旧式的戏台，甚至怀念小时候看烂了的白毛女，怀念大学时看过的现代舞。

怀念朴素，怀念简单，怀念纯粹。

似乎在这些怀念中，可将那些后庭花的声音抛得远远。

唉，到家时，回头细想想，其实《家住长江边》演到这程度，也算是不错了。

就这样了吧。

看场电影，东扯西拉

2006 年 8 月 10 日

《江城夏日》的电影在武汉首映，昨天被邀去看了一场。

电影在汉口的万达国际电影城放映。我是第一次去那里，头天就打电话问好了路。

看电影时，左边坐着导演王超，右边坐着主演田原和吴有才。

这样子看电影感觉上有点怪怪的，忍不住会将电影里的人往旁边的人身上套。

但电影还是拍得不错。一个父亲寻子的故事，拉扯出一个命案。

旧案未了，新案又发：善良而有责任的好警察被谋杀。

其实将这电影拍成一部情节悬疑、场面火爆的大片也未尝不可。

但导演没有。他却把这一个情节复杂而又迂回的故事，化解成了一片断一片断的生活，一片断一片断的场面。

虽然我在电影里并没有找到江城武汉之夏火辣辣的感觉，也没有看清武汉的城市轮廓。甚至，里面真正把武汉话说得像武汉人的，也不多。

但是这些都并不重要。重要的是我们看到了活着的人，就像我们身边的人们一样，鲜活的，真实的，一个就是一个的人。

看到了他们的艰辛和凄惶，扭曲和压抑，以及欲望和向往。

还看到了导演坚定的个人表达：一种含蓄、内敛而有节制的表达。

他将语言之外剩下的东西，交给镜头；把镜头之外的东西，交给观众自己。

当然这片子也并非无懈可击，可挑毛病之处也不老少。

但是，你还是能觉得这导演将来定会成大气候。至少我看好。

在此前我看了张艺谋的《千里走单骑》。

要说这部电影里煽情的地方比《江城夏日》要多。演员也极好。

——那是我们热爱的高仓健主演的啊！大学期间疯狂地看他的电影。

许多地方也让人潸然泪下。但是看过后，它就完了，没什么可说的。

原因就是电影自己已经说得太多。台词太白，太想说道理。

像极了一部单本的电视剧，只不过用胶片拍而已。多少有些遗憾。

对张艺谋，我们的观赏要求还是要高一些——他代表着我们这代人的审美。

不愿意以他的才华去拍那些梦游式的大片或是很小儿科的文艺片。

我以为电视剧和电影的不一样在于：一个是打发空余时间，一个却是浓缩世事精华。

电视剧不花什么钱，让你在家里嗑着瓜子聊着大天时看。

它得把什么都说白说透，以方便老人孩子家庭妇女乃至弱智都能看懂。

它还啰唆，节奏死慢死慢，以让你洗了澡抑或出门喝了酒，回来还能接得上。

它的本来面目就是时间的充填物，你非要它节奏快就没道理。

它还有如玩具，给闲来无事者消磨。有要事在身的人真不必对它怀有期待。

你要想看，就不必嫌它慢和俗。你若嫌它慢且俗，就别去看它。

电影却不。电影是让你掏了钱的，尤其现在，电影票死贵死贵。

这笔钱花出去后，且只管两个小时。如此这般，它就得保证你在这两小时内有所收获。

对于电影，你是带着特定心情去的，带着自己的喜欢去的。

你要欣赏和玩味。你要惊心或感动。你要舒服和享受。

你要和你的家人、情侣抑或朋友，走出影院，回家的一路还说着它。

那么，电影它就该含蓄、内敛、考究，或者刺激。

吊人胃口，要有说头。两个钟头超越现实以及十几分钟经历一生。

外行瞎扯啊！搞电影电视的人自有他们自己的说法，得尊重人家。

突然想起一部国产片，我一两年前看的，叫《自娱自乐》。

主演是尊龙和李玟，还有小陶红。这片子拍得好看又好玩，差不多让人从头笑到尾，却又不是那种肤浅的喜剧片。很值一看。

用那俩“假洋鬼子”演中国的农村男女青年，多少有点冒险。

但料想不到的是，人家比我们真正从农村出来的演员演得还更像回事。

我起先不明白为什么它没有火起来，后来听说当时正巧与张艺谋的一部大片同步上映，可怜我们的《自娱自乐》在这大片的宣传大炮下，只能不幸埋没。

但这电影，要说也算我这些年看到的最好的国内影片之一了。

听傅聪的音乐会

2007 年 4 月 13 日

三月底的一天，突然在报上看到消息，说傅聪四月初将来武汉举办钢琴独奏音乐会。立即就打电话，询问票况。票务公司说可以送票上门，于是就预订下一张 380 元的票。转眼票务公司就把一张精致的门票送到了家门口——这时觉得市场经济就是好，让人享受到许多的方便。

380 元，这就是世界一流的钢琴大师傅聪独奏音乐会的最高票价。票拿到手后，心情就有些复杂。既为傅聪不平，又怀有一份侥幸。不平的是，来个超女演出，票价都定到了 880，跟下来即到武汉来演出的张学友，票价甚至定到了 1500 元左右。而傅聪这样的大师，一场音乐会最高一档的票价也就 380 元。市场经济虽好，但也真够残酷。当然也侥幸，虽然傅聪的音乐会卖到 880 元我多半也会去买，但现在只要 380 块，毕竟还是省了我五百大洋。

记得两年前傅聪来武汉演出，我的票是朋友赠送的。那次在现场听傅聪演奏的感觉真是好，尤其傅聪弹奏时的状态，充满激情，充满痴迷，只有那种对音乐满怀敬畏和神圣之心的人，才会将钢琴声变得像是从他心里流出来的一样。那一刻的傅聪，人琴合一，其激情迸发的状态与他行云流水的琴声浑然一体，令人久久难忘。

要说的还有，对傅聪的敬意，相当一部分是来自傅雷。傅雷写给傅聪的家书，国内的两个版本，我都通读过。因为热爱傅雷，所以对傅聪也有格外的好感和格外的尊敬。所以，这次傅聪的独奏会，虽然也能讨到票子（演奏是《楚天都市报》邀请的），但我还是觉得自己去买票更好。这是我对傅聪表达敬意的一种方式。

这次的傅聪独奏音乐会的曲目是：上半场：德彪西：《英雄摇篮曲》；海顿：《C 小调钢琴奏鸣曲》；肖邦：《玛祖卡三首》（作品 59 号）；《船歌》（作品 60 号）；下半场：舒伯特：《降 B 大调奏鸣曲》D.960。

地点是在湖北剧院。我在这里听过戴玉强的演唱，觉得剧场的环境比武汉剧院要好。武汉剧院有如大礼堂，场子太大，坡度平缓，空间也高，尤其适宜小孩子跑来跑去地玩耍。再怎么镇压，都会显得嘈杂。

两年前傅聪曾在武汉剧院演出，因秩序太乱（小孩跑步，大人说话，手机铃声，照相机的闪光不停，等等），傅聪坐在钢琴边等待安静，结果这份安静等来等去也等不来，他只得站起来站到台前，向观众大声吼道：你们安静一点好不好？那股冲动，真是吓我一跳，觉得傅老先生很有英雄本色。好在武汉观众虽然没什么文化（商业都市嘛），来者附庸风雅者为多，但人却老实。一声暴吼，硬是把武汉人的厚道吼了出来。此后，小孩不跑步，大人不说话，手机铃也不响，而照相的记者们也都回到位置上。大家都静下心来倾听音乐，听着听着，便随傅聪的琴声一起，渐入佳境。结果那场音乐会，成为我在武汉剧院听到的有史以来最安静的一场音乐。可见武汉观众是服调教的。

这次湖北剧院吸取教训，音乐会开始前，就有广播喇叭大声提醒大家，要保持安静，而且还专门提及上次音乐会上傅聪的暴吼。广播了好几遍，每次一说到傅聪发脾气的地方，全场就鸦雀无声。广播说，我们已经告诉了傅聪先生，武汉人的素质这两年有很大的提高，希望这一次大家要好好配合。话说得很傻瓜，但想想也是一番良苦用心。

武汉观众与两年前比，依然还是附庸风雅者为多（最好的位置 2—7 排中间空座最多，想必那些都是赠票，获票者毫不珍惜），但人还真是老实，不经吓。结果现场的秩序好得不得了，除了我同一排（8 排）的一个人不断地玩手机外，整个过程，观众都非常安静非常专注地倾听傅聪的演奏。

傅聪对乐曲的个人处理，是很让我景仰的。而且他不像有的钢琴家，第一个音符刚响，人便进入夸张的癫狂状态，连个过程都没有。好看是好看，但到底“秀”味多了一点。“秀”这东西，就像汤里的味精，没有不鲜，搁多了也不行。傅聪却不是。傅聪演奏时，你能感觉到他的心是一步步走进音乐深处，然后迷醉然后激动然后爆发然后还有点深陷其中，难以自拔。每次当乐曲结束必须抽身而出的时候，傅聪的样子常常呈现出瞬间的痛楚和艰难，仿佛他根本不想从音乐中走出来。所以当舞台归于沉静后，我们总能看到傅聪面对钢琴垂下头的姿态。这个画面，尤其地让人感动。

后来看到记者的采访文章，傅聪这回对观众的表现十分满意，且说这是最好的一次。

傅聪满意了，但我却多少有些不满。音乐会虽然主要是听觉享受，但既然来到现场，眼睛总也想要有所收获的。那就是希望能看到艺术家，希望看到艺术家的表情，希望看到艺术家在演奏时的丰采。有时候，调动起我们内心情感的并非总是音乐，经常就是艺术家本人在演奏中的沉醉状态让我们内心激荡。结果，这次却没有。这次舞台的灯光被调得非常幽暗，灯光逆向观众，傅聪坐在我们和明亮的灯光之间。也就是说，傅聪的左侧——朝着后台的那边，一派光明，而右侧——朝着观众的那边，却一派昏暗。昏暗得致使落在我们视野的傅聪，只是一个黑色的剪影。这剪影甚至让我想起了皮影戏——对，就是像看皮影戏那样的感觉。除了谢幕时，有一小柱光淡淡地打在傅聪身上，其他所有演奏时刻，没有人能看清傅聪的眉眼。

可怜那些学钢琴的孩子。许多家长带他们来不仅是听音乐，也是希望他们见识一下艺术大师的丰采以及他演奏时的激情，借以唤起他们对音乐的热爱。可惜，孩子们安静地倾听了两个小时，却只看到了艺术家的一个影子。

其实，尊重从来都是台上和台下双方面的事。台上要求台下安静，但台下对台上也有自己的要求。我不知道把舞台灯光调得这样幽暗，是傅聪的意见还是主办方的意见。但无论是谁，让几百观众面对一个没有光彩没有亮度的舞台，让几百观众只能看到人和琴的剪影，闻得其声而见不了其人，至少对观众也不公平，说重一点，也不尊重。既是商业演出，大家都是花了钱买票来的，不光要听到好听的琴声，同样也要看到明亮的舞台上的艺术家本人——否则就不如回家听音乐了，音响效果没准比剧场还要好一些。

唉，也算是牢骚吧。

回头细想，那天的独奏音乐会，扣掉看不到艺术家的分，380 元也算是个合适的价格。

以一校之力，抗两国精兵

2007 年 10 月 5 日

80 年代初，我去福州，曾经去过马尾，但那次似乎只是看了下风景，闻知了一点马江战役的事，便匆匆而去。但马尾到底对中国产生过什么样的影响，出过什么样的人物，我却基本无知。唉，那时到底年轻，光顾得贪玩。所以这次到福州，听老同学晓珊说那边有个船政博物馆，以我对博物馆的爱好，这是一定要去看看的。

于是，我们一行四人，我的大学同学唯心论和斑马，以及我的小学同学晓珊，一起专门驱车去马尾看船政博物馆。

博物馆很清冷，几无参观者，除了我们四个。一进馆，便立马想起那句名言：不看不知道，一看吓一跳。

大凡近代的事，都得从鸦片战争说起。

鸦片战争后，紧闭多年的中国大门被英国人的坚船利炮打了开来，清朝国势，日渐衰微。许多有识之士，都在千方百计地寻找救国的办法。1866 年，时为闽浙总督的左宗棠鉴于海上的失利，提出自办船政的主张。清廷立即批准，并让他将此事当急务办理。左宗棠沿海疆四处查看，终于看中了福州马尾这个地方。官方大概是输急了眼，一挑中地方，立即行动，船厂当年12月便动工兴建。清廷的事，似乎还从来没这么快捷过。

巧的是，这时候，西北局势紧张。善战的左宗棠被弄去当陕甘总督（想起来了，兰州黄河边的左公柳大概就是那时种的）。船政刚开始，没有能人来办理，必是不能成功。左宗棠算是有眼光之人，他相中了因母病故、回乡丁忧的沈葆桢。

要说这个沈葆桢，在清朝也是牛人一个。大名鼎鼎的林则徐是他的亲舅舅。非但如此，他还亲上加亲，娶了林则徐的女儿，所以，他又是林则徐的女婿。有如此背景，加上自己肯学，仕途也相当顺利。他在任江西巡抚期间，太平天国的幼天王洪天贵福（这名字好土！）和王洪仁（他是个基督徒，很有思想）就是在江西被他杀头，他也因此而加官晋爵——按以往历史教材的解读，沈葆桢的顶戴上染着革命者的鲜血，当属罪大恶极之列。

船政动工半年后，沈葆桢走马上任，出任马尾船政大臣。要说沈葆桢也还真是有脑子。左宗棠之办船政，主要目的是要造军舰，造鱼雷，以此武装海军。但沈葆桢知道，仅仅这些是不够的，关键还是人才，是需要一大批能够造船制炮和驾船用炮的人。于是他开办了船政学堂，对外招生，请来洋人教学，让学生学习近代科学、造船和舰船知识。非但如此，还送出一大批学生出洋留学。据说在当年中国的公派留学生中，船政学堂的人占了三分之一。

说起来，这些清朝官员还真不全是庸官，他们常常显得十分清醒。比方，请来洋人教学，但又要防止船政被某一国洋人所控，所以，学校请法国人教造船，请英国人教驾驶。船厂投入生产后，造船厂立即成为中国拥有工人最多的工厂，而且船厂也成为亚洲最大的工厂。造船业历经了从造木船到造铁肋船，然后到造钢板船的三个阶段。因为马尾船政，中国造船实力一跃而排世界第三，仅次于英国和法国。它甚至带动了近代中国一系列的工业项目的发展。1874 年日本人试图占领台湾，便是沈葆桢调动三十多艘船（也有外地船）组织起中国的第一支舰队，请兵百万，前往台湾。日本人慑于中国的强大武力，认输败走。这是船政建成后的第一个胜利。

最重要的还不是这些，而是船政学堂培养了大批的有头脑有见识有现代观念的人才。马尾船政开办 41 年间，送出大量的年轻人留洋求学，这些学成回国的人，在晚清中国发挥了巨大的作用。比方我们所熟知的严复——他是首批招生考试第一名。严复考入马尾船政学校后，又被公派到英国留学。后来他翻译了《天演论》，以“物竞天择，适者生存”的生物进化理论阐发其救亡图存的观点，他还引进了西方思想家一批论著，启蒙和教育了整整一代人——包括中共早期所有的领袖们。中国的新文化运动，离开严复，简直无从说起。还有一个我们所熟知的人物——詹天佑，他曾经是船政学校第八届驾驶班的学生。后来，他主持修建的京张铁路等一系列中国铁路，对中国进入现代社会起到巨大推动作用，被称为“中国铁路之父”。还有魏瀚，他是中国近代著名的造船专家；还有陈季同，他后来成为外交家，他将中国的文学译成外文在西方发表，让洋人们对中国文化刮目相看；还有王寿昌，他和林琴南（林不懂外文）一起，将外国小说翻译成中文，最早的《茶花女》就是他和林琴南翻译的，这部作品影响了当时无数的中国青年；还有……还有许多，这里就不一一列举了。

中国近代史有两场著名的海战，一为马江战争，一为甲午海战。两场海战都以中国惨败而告终。前一场是跟法国人打，后一场是跟日本人打。所有参与的将士，都是浴血奋战，以命抗敌，从容报国。历史教材向我们展示了这一切，但同时也告诉了我们，尽管如此，他们也无力挽救败局。因为导致失败的是他们的上司：中国大清朝廷。

两场战争的参战主力，几乎都是马尾船政学堂的毕业生。马江战争自不必说，这是在船政学堂门口打的仗。法国人目的就是要霸占船厂。因为清廷的一味退让，导致中方错失良机，以致这一场战争中，中国人死伤官兵近 700 人，而法国人却只死了5个，受伤15人，双方差距何等之大。至于甲午海战，中方之惨烈，大家都知道，自不必细说。邓世昌以自杀的方式，将“致远”号驶向敌舰的场景，通过电影，已被我们永远地铭刻在心。甲午海战的12只舰船中有11个管带是船政学堂驾驶班的毕业生。

所以，有一个说法就是：中方是以一校之力，对抗两国精兵。纵是失败，却也虽败犹荣。

太晚了，困极，不写了。

因为参观人太少，博物馆省电，不开空调，把我们热得够呛。出门来，说起展览内容，我们几个都感慨万千。

一个美丽的人用什么样的方式坚持美丽

前天看报纸，突然看到我以前一个同事马伶的事。心里便有万千的感慨。

认识马伶还是 80 年代，那时我在湖北电视台的对外宣传部当编辑。

为解决两地分居问题，马伶调到了我们部里。

来之前,她是恩施歌舞团的歌唱演员,年轻漂亮,身材苗条。

当时我们的主任黎鸣正忙着办新的频道，新频道上了许多新节目，却缺少主持人。

黎鸣一见马伶，就立即要求她去主持节目。记得把新来乍到的马伶吓得个半死。

马伶真是一个很努力很刻苦的人。她花了无数精力去练习普通话。

她由不自信到慢慢自信，时间并不长。很快她就成了台里的专业主持。

然而，当马伶的幸运开始的时候，她的不幸也因此悄然埋下伏笔。

1989 年，我离开电视台调到了作协，但和马伶时断时续地有着来往。

因为马伶喜欢文学，时而会就一些文学上的问题来跟我聊天。

再之后我搬到武昌，彼此工作都忙，于是联系就很少了。

如果说，家庭的破裂对马伶的打击还算不了什么的话，1997 年的一场车祸却让马伶九死一生。

那场灾难是发生在她去三峡主持完节目归来的路上。

当医生将她从死亡线上抢救出来，醒来的马伶，却发现自己已经失去了一只胳膊。

此后，马伶做了好几次手术。

最终的结果是：右臂高位截肢，左手拼拼接接只留下三个残指。

曾经那样风光过的马伶，在第一次面对镜子时，其痛苦真是难以想象。

最要命的是，她从此告别了她热爱并为之付出过无数努力的电视舞台。

马伶受伤时，女儿只有十岁。我不知道这母女俩是怎么挣扎着挺过来的。

只知道她后来参加了中国残疾人艺术团，在那里主持节目并担当独唱。

当舞台的聚灯光照在她的脸上时，她依然艳光四射，明媚照人。

她有时候自己还写点什么。因为这个，我们又开始了一些联系。

我去她的家里，看到她的生活状态，真很感动。

后来，她果真写了一本书，以自己的经历。

可怕的是，不幸的事情并没有结束，灾难还在延续着。

她仅存的左胳膊，因为长期的炎症，已然危及生命。

在看遍名医的情况下，她不得不接受现实：再次截肢。

从此，曾经美丽大方的多才多艺的马伶，连最后的一只手臂都没有了。

这消息令所有认识她的人心情沉重，而我居然也是前几天看报才知道。

失去双臂的马伶本已完全对生活无奈，但她居然再一次站了起来。

她用脚替代手，用脚翻看报纸，用脚写字，用脚敲击键盘。

她认真生活着，不想让自己从此真成废人。非但如此，她甚至还用自己的专长，去教那些想当主持人的孩子们练习播音和主持。

让人振奋的是：许多孩子在她的辅导下，都实现了自己的梦想。

马伶自己的梦想不幸而夭折，她却把梦想给了别人。

在自己的书里马伶曾说：“虽然我断了翅膀，但心仍要飞翔。”

她真的是在飞。而且飞得很高，很远。

一个人在遭遇到如此的打击后，需要怎样的决心才能挺起来呢？

支撑在马伶背后的力量又是什么呢？

那一定会有很多：比方领导的关心，同事的友爱，亲人的鼓励，等等。

其实最重要的还是她自己的内心：一个强大的内心。

我想马伶的内心中一定有一个声音在不断地对自己说：我不仅要活着，而且要好好地活着，要有价值地活着。

好好地有价值地活着，并不是件容易的事。但一次又一次，马伶都做到了。

马伶在新浪上开了自己的博客。她给自己的博客起名“弦月”。

我理解这“弦月”的寓意：虽然它不是完整的，但它却仍然有自己的天空，自己的轮廓，自己的清辉，自己的光芒。

在这里我希望来我这边的朋友们去马伶的博客看看，去支持她和关注她。或者是去向她学习，被她感召。

还有就是看看：一个美丽的人是用什么样的方式坚持美丽，一个坚强的人是用什么样的方式坚持坚强。